Une possible histoire ésotérique

Une possible histoire ésotérique
Michael Sousa

© Michael Sousa
Une possible histoire ésotérique

"Tous droits réservés. Sauf disposition contraire de la loi, la reproduction totale ou partielle de cette œuvre, ni son incorporation dans un système informatique, ni sa transmission sous quelque forme ou par quelque moyen que ce soit (électronique, mécanique, photocopie, enregistrement ou autres) n'est pas autorisée sans l'autorisation écrite préalable des titulaires des droits d'auteur. La violation de ces droits entraîne des sanctions juridiques et peut constituer un délit contre la propriété intellectuelle.

« Eritis sicut Dii, scientes Bonum et Malum » – Le Serpent

Résumé

1. Prologue : Sous la chaleur des étoiles mortes............................ 06
2. Chapitre 1 : Mélancolie I... 11
3. Chapitre 2 : La femme en rouge 26
4. Chapitre 3 : Le libraire 38
5. Chapitre 4 : Le pont de la mort 51
6. Chapitre 5 : Michalská Brána.. 59
    7. Chapitre 6 : La Tarta de Queso..................................69
8. Chapitre 7 : Le pendu 49
9. Chapitre 8 : La lune.. 86
10. Chapitre 9 : La ville aux sept collines 99
11. Chapitre 10 : Racines... 119
12. Épilogue : Finis Gloriae Mundi... 136

Prologue
Sous la chaleur des étoiles mortes
Appuyez sur Clavis.

Je ne pense pas avoir de bons souvenirs d'enfance. Quand cette prise de conscience s'est produite, pendant le processus psychanalytique, je me souviens d'une profonde tristesse qui m'a envahie.

J'étais une enfant curieuse, toujours à la recherche de comprendre le monde qui m'entourait. J'ai un souvenir particulier du moment où, à l'âge de 6 ou 7 ans, j'ai essayé de percer le mystère du temps. Je me suis demandé comment la montre-bracelet de mon père indiquait toujours quelques minutes de plus que celle sur le mur de la cuisine. « Sa montre est-elle dans le futur ? » pensa-t-il. Il a fallu des jours avant que quelqu'un m'explique que les horloges pouvaient être « ajustées », mais cela n'a fait qu'alimenter mon intrigue.

Un autre souvenir me ramène à un cours de sciences, quand j'avais 10 ou 11 ans. Au milieu du bruit assourdissant d'une salle bondée, l'enseignant a déclaré que le feu avait besoin d'oxygène pour exister. Je demandai donc : « Le Soleil est donc entouré d'oxygène, puisqu'il brûle ? » Sa réponse fut vague ; Elle a seulement insisté sur le fait qu'il n'y a pas d'oxygène dans l'espace. Peut-être l'astrophysique était-elle une connaissance trop lointaine pour la réalité d'une école publique aux confins de la ville de São Paulo. Des mois plus tard, avec l'aide d'Internet, j'ai compris par moi-même le processus de fusion nucléaire du Soleil.

Je ne sais pas d'où vient cette curiosité. On dirait que c'est quelque chose d'intrinsèque, quelque chose qui ne vient pas de mes parents. Ils n'avaient aucune éducation, aucune curiosité. Ils ont vécu de traumatismes, d'erreurs et de dépendances. Et l'addiction qui a le plus marqué ma vie et celle de mes frères, c'est l'alcoolisme.

Mon père, bien qu'alcoolique, n'était presque plus qu'une ombre. Silencieux et timide, il ne trouvait du courage que dans l'ivresse, puis il s'exprimait sur ses frustrations, sa relation difficile avec ma mère ou les traumatismes de sa propre enfance. Jusqu'au jour où, à l'adolescence, il a succombé à la psychose.

Ma mère, en revanche, a toujours su s'exprimer, qu'elle soit sobre ou non. Et elle était douée pour ça, surtout pour faire mal avec des mots. Si je devais la décrire, comme une enfant, je serais comme « une femme en colère ».

Sa colère semblait incontrôlable. Je me souviens d'une fois, quand j'avais environ 5 ans, quand on m'a donné un coup de poing alors que je buvais de l'eau. La raison ? Elle n'aimait pas la façon dont mes lèvres étaient dans le verre.

Mais grandir dans cet environnement n'a pas été tout à fait inutile. Une mère comme la mienne n'élèverait jamais d'enfants faibles, et un père comme le mien servirait d'exemple clair de ce que je ne devrais jamais être.

Je me souviens d'une fois où je me disputais à l'école et où ma mère venait me chercher. À ma grande surprise, elle m'a dit : « Miguel, chaque fois que tu te bats à l'école, je vais te frapper. Si tu perds le combat, je te battrai deux fois de plus.

Là où j'ai émergé, en fait, il n'y avait pas de place pour l'échec. Je n'étais personne, et il n'y avait pas d'autre moyen que d'accomplir quelque chose, parce que s'aggraver semblait impossible. Ou, du moins, c'est ce que je pensais ; jusqu'à ce que je me rende compte, à l'adolescence, que beaucoup d'où je venais, dans les mêmes conditions que moi, ont trouvé un avenir bien pire.

Mais j'ai senti que ce n'était pas pour moi. J'en voulais plus. Je ne savais pas combien de plus. Peut-être était-ce mon péché originel.

Adolescent, j'ai réalisé que j'avais une aptitude naturelle pour les mathématiques. Cela me distingue des autres et, qui sait, cela pourrait être ma chance pour l'avenir.

Avec un peu d'effort, j'ai obtenu une bourse pour aller à l'université le soir, tout en travaillant le jour pour payer le loyer, car mon père, dans un de ses épisodes psychotiques, m'a mis à la porte de la maison.

Avec plus de dévouement, des bourses et un peu d'argent économisé, j'ai fait des études de troisième cycle et j'ai déménagé dans une autre ville, près de l'endroit où vivaient mon frère aîné et ses enfants.

Ma vie s'est stabilisée. J'avais construit une carrière solide et relativement bien rémunérée. J'avais mes neveux autour de moi, je pratiquais l'Aïkido, j'avais une copine qui m'aimait, et que j'aimais aussi.

Mais malgré cette stabilité, il manquait quelque chose. La curiosité qui m'a toujours accompagné ne s'est pas limitée aux questions d'Astrophysique ou du Temps. Depuis mon enfance, des questions existentielles me hantent, celles qui hantent l'humanité en soi : « D'où venons-nous ? », « Où allons-nous ? », « Dieu existe-t-il ? ».

Ces questions n'ont jamais été une priorité dans une enfance difficile, mais elles étaient toujours là, latentes. Et je n'ai jamais accepté de réponses simplistes ou religieuses sans examen critique.

Tout en étudiant le commerce et les statistiques, je me suis également consacré à l'étude des religions anciennes et de l'occultisme. La méthode scientifique avait toujours été ma base, et j'étais déterminé à l'appliquer aux sciences occultes. Je voulais des réponses qui justifieraient mon origine, ma douleur, la nature cachée de la réalité, et tout ce qui existait avant la vie et après la mort.

Ma recherche m'a conduit à rejoindre des sociétés ésotériques, certaines ayant une influence politique, d'autres avec des siècles de tradition hermétique. J'ai conquis des degrés au sein de ces ordres, appris des secrets et des rituels, mais, au fond de moi, je me sentais toujours comme Faust : une personne ignorante, pas plus proche de comprendre l'univers.

En cette période de *stabilité excessive*, la mélancolie s'est emparée de moi. La mort d'un ami proche de l'un de ces ordres m'a dévasté, et mon jeune frère, qui vivait récemment avec moi, avait déménagé dans une autre ville. Les connaissances que j'ai accumulées semblaient insuffisantes. Tout n'était encore que mythologie, manifestations d'archétypes. Des dieux anciens et morts, qui n'étaient que des reflets de l'inconscient.

Ma relation a commencé à s'effriter sous le poids de ce vide. Mon travail, autrefois semé d'embûches, est devenu monotone et ennuyeux. Je m'attendais à ce qu'à tout moment Méphistophélès apparaisse offrant la *vraie connaissance* en échange de mon âme.

Je me suis rendu compte qu'au fond de moi, j'étais toujours ce petit garçon, plein de doutes et de peu de certitudes. J'ai senti cette chaleur interne, presque éteinte, mais ce n'était jamais suffisant pour me réchauffer. Une chaleur fragile, comme celle d'une étoile mourante, agonisante en fin d'existence.

Je devais faire quelque chose à ce sujet. C'est la force de cette sensation, que l'étoile en moi, qui illuminait ma vie et tout ce qui m'entourait, était en train de mourir, et que j'avais besoin d'agir de toute urgence, de prendre une décision drastique, qui a commencé mon Magnum Opus, le chemin vers la pierre philosophale des anciens alchimistes, le voyage de l'individuation jungienne, le Vitriol secret. Pour l'instant, je n'étais qu'une *personne stupide* qui errait complètement perdue dans le Pardes.

Et je savais que ce voyage apporterait un peu de chaos. Mais, au moins, ce serait le chaos avec un peu d'ordre.

Chapitre 1
Mélancolie I
II. Clavis.

J'avais besoin d'une direction, de quelque chose qui me dirait quoi faire. Et, à la joie des psychanalystes, et de Raul Seixas, cette « guidance » est venue par le biais d'un rêve.

Enfant, le même rêve m'a rendu visite plusieurs fois. J'ai traversé un endroit verdoyant, plein de fleurs exotiques, jusqu'à ce que j'arrive à un puits avec un escalier en colimaçon qui semblait descendre sans fin. C'est toujours à ce moment-là que je me réveillais. Il m'a fallu des années pour découvrir que cet endroit n'était pas seulement le fruit de mon imagination ; il a vraiment existé, caché parmi les collines de Sintra, au Portugal.

Des mois avant le déménagement de mon frère, le rêve est revenu, apportant avec lui une agitation qui ne m'a pas laissé en paix. Mon esprit pourrait créer d'innombrables théories pour essayer d'expliquer la répétition de ce lieu dans mon inconscient, un lieu enveloppé de mystères et de symboles anciens, liés aux Templiers et aux Rosicruciens. Chaque détail de la Quinta da Regaleira semblait avoir été érigé pour faire écho à ces secrets.

Mais aucune de ces théories ne m'a donné de réponse rationnelle ou satisfaisante. Même si je sympathise avec les concepts de réincarnation, j'ai toujours été trop sceptique pour me donner complètement à une croyance religieuse.

La décision de tout abandonner n'aurait pas dû être facile, mais elle l'a été. Je ne sais pas si c'était juste à cause de ce rêve, ou quelque chose que je ne comprenais toujours pas.

Dire au revoir aux gens que j'aime a été douloureux, bien sûr. De la femme que j'aimais, de mes frères, de mes neveux. L'ombre du doute que je ne les reverrais peut-être plus jamais pesait sur moi.

Après avoir organisé mes finances, démissionné et dit au revoir, j'ai acheté mon billet pour Lisbonne. J'étais prêt à suivre le chemin que mes rêves m'indiquaient, même sans savoir où cela s'arrêterait.

Lisbonne est une ville où l'ancien et le moderne dansent en parfaite synchronisation, ses collines couvertes d'étroites rues pavées qui serpentent comme des veines historiques, reliant les âmes et les histoires à travers les siècles. À première vue, Lisbonne est une mosaïque de couleurs : des façades en carreaux bleus et blancs qui scintillent au soleil (peut-être la plus belle lumière du soleil qui soit), des balcons en fer forgé ornés de fleurs et le ciel d'un bleu profond qui semble se confondre avec le Tage, le fleuve qui l'embrasse avec enchantement et sérénité.

Au fil de vos promenades dans les rues, le son du fado, mélancolique et beau, s'échappe par les portes des vieilles tavernes, imprégnant l'air de « saudade » - ce mot intraduisible qui résume toute l'âme des lusophones.
À chaque coin de rue, la ville révèle une nouvelle surprise : une vue à couper le souffle depuis un point de vue caché,

où les maisons s'étirent comme un tapis jusqu'aux eaux scintillantes ; une place tranquille avec une fontaine sculptée, où le temps semble ralentir ; ou une cathédrale gothique, dont les tours semblent toucher le ciel.

Au cœur de Lisbonne, se dresse le château de São Jorge, dominant la ville du haut de sa colline, ses anciens murs gardant les secrets des invasions maures et des gloires passées. De là, le panorama de la ville se déploie, avec le fleuve qui serpente vers l'Atlantique et les quartiers d'Alfama et de Mouraria qui s'étendent à ses pieds, des labyrinthes vivants de ruelles où des vêtements colorés se balancent au vent sur les balcons.

Les téléphériques jaunes, icônes de la ville, grincent à travers les collines escarpées, reliant les quartiers comme une chronologie vivante. Ils traversent des lieux tels que Baixa Pombalina, avec ses larges rues et ses bâtiments géométriques reconstruits après le tremblement de terre de 1755, jusqu'au Chiado, où les cafés littéraires et les librairies respirent l'héritage de Fernando Pessoa et d'autres poètes qui parcouraient autrefois ces rues.

À chaque pas, Lisbonne raconte une histoire de navigations audacieuses, de conquêtes et de découvertes, reflétées dans la grandeur de la tour de Belém et du monastère des Hiéronymites, dont les pierres semblent avoir été sculptées par les vagues mêmes qui ont ramené l'esprit aventureux des navigateurs chez eux.

Mais Lisbonne ne vit pas seulement dans le passé. La modernité palpite dans le Parque das Nações, où des bâtiments contemporains se dressent sur les rives du Tage, et où la culture vibrante de la ville est célébrée dans chaque musée, galerie d'art et événement culturel, où le traditionnel et l'avant-garde se rencontrent. La nuit, la ville brille d'une douce lumière, ses ruelles et ses places éclairées par de vieilles lanternes qui projettent des ombres mystérieuses sur les murs de pierre.

Lisbonne est un lieu de rencontres, entre la mer et la terre, entre le passé et le présent, entre le rêve et la réalité. C'est une invitation à la contemplation, à une plongée profonde dans les souvenirs que ses rues recèlent, et en même temps, un souffle d'inspiration pour ceux qui recherchent quelque chose de nouveau, quelque chose de magique, quelque chose que seule une ville comme Lisbonne peut offrir.

Et c'est dans cet environnement très particulier que je me suis retrouvé.
Je suis resté à Lisbonne pendant quelques jours, me promenant enchanté dans ses ruelles et ses rues étroites, appréciant la différence de lumière dans cette ville, ce qui, selon ma théorie personnelle, était ce qui rendait Lisbonne si unique.
Mais le moment de suivre ma voie était décidé. Sintra est très proche de Lisbonne, et je devrais prendre le train et y aller pour trouver littéralement l'endroit de mes rêves.

Et j'ai trouvé plus que cela.

Sintra est une ville qui semble avoir émergé des rêves les plus anciens et les plus mystiques, un havre de brume et de magie niché dans les collines verdoyantes des montagnes. Ses rues sinueuses et étroites montent et descendent entre des palais luxuriants, des châteaux enchantés et de beaux jardins, comme guidés par une main invisible qui invite le visiteur à se perdre et, en même temps, à trouver quelque chose de profond et de secret.

Dès votre arrivée, l'air est différent, frais et légèrement humide, transportant le parfum des arbres centenaires et le murmure des brises passant à travers les grands pins. Sintra est enveloppée d'un manteau de mystère, où la nature et l'architecture s'entremêlent dans une danse harmonieuse, créant des paysages qui semblent capturer l'essence du sublime.

Au cœur de cette atmosphère enchantée, se dresse le Palais National de Sintra, avec ses tours coniques blanches qui dominent le paysage comme des sentinelles d'époques révolues. Sa façade élégante et symétrique abrite des salles ornées de carreaux et de plafonds peints, vestiges d'une époque où les rois et les reines se promenaient dans ses couloirs.

Mais c'est en grimpant plus haut, sur les pentes des montagnes, que se révèle la véritable fascination de Sintra. Le palais de Pena, avec ses couleurs vives et son architecture presque surréaliste, ressemble à un joyau sculpté dans les collines, flottant parmi les nuages. Ses tours et ses murs colorés dans des tons de jaune, de rouge et de bleu sont un régal pour les yeux, reflétant l'esprit romantique qui imprègne toute la ville. Du haut de ses balcons, la vue s'étend jusqu'à l'océan Atlantique, vaste et infini, comme si la terre elle-même était suspendue entre le ciel et la mer.

Autour de Sintra, la nature est sauvage et en même temps cultivée, comme dans les jardins enchantés de Quinta da Regaleira, où grottes et fontaines semblent cacher des êtres mystiques.

Chaque coin de la ville est un rappel d'une époque où les mondes spirituel et naturel se côtoyaient. Les parcs et les bois, avec leurs arbres noueux et leurs mousses qui scintillent dans la douce lumière, abritent des sentiers secrets menant à des lieux oubliés où le silence règne et où l'esprit peut vagabonder librement.

Le château maure, avec ses murs qui serpentent à travers les crêtes de la montagne, semble faire écho aux histoires d'anciennes batailles et conquêtes. De ses ruines, la ville se dévoile en contrebas, une tapisserie verdoyante parsemée de palais, d'églises et de villages. Sintra est un lieu de rêves, mais aussi d'histoire - un lieu où les légendes sont tissées dans chaque pierre et où le présent se confond avec le passé dans un brouillard plein de sensations et de mysticismes.

Lorsque le soleil commence à se coucher, la brume descend doucement sur les collines et la ville se transforme en un royaume presque onirique, où le temps semble inexistant. La lumière dorée du crépuscule baigne les bâtiments, et les longues ombres qui traversent les rues ressemblent à des figures mythiques, gardiennes d'anciens secrets.

Sintra est plus qu'une ville ; C'est un portail vers une autre dimension, où la nature, l'art et l'esprit humain convergent dans un lieu qui ne peut pas être simplement visité, il doit être ressenti, exploré dans les moindres détails et, surtout, vécu comme un retour aux profondeurs d'un rêve oublié mais toujours présent.

En arrivant à la Quinta da Regaleira, qui se trouve au cœur de ces paysages verdoyants, je me suis retrouvée stupéfaite. Ce palais néo-manuélin et ses jardins labyrinthiques semblent avoir été tirés d'un conte magique, où chaque pierre et chaque plante murmure des secrets des temps anciens.

En franchissant les portes de la Quinta, vous êtes immédiatement enveloppé par une atmosphère particulière. Le palais, avec sa façade riche en détails, présente une fusion de styles gothique, Renaissance et manuélin, avec des tours, des créneaux et des gargouilles qui semblent garder un œil attentif sur les visiteurs. Les murs sont ornés d'arabesques taillées dans la pierre, et l'air est parfumé par les fleurs des jardins environnants.

Les jardins sont un véritable labyrinthe de surprises et de symbolisme ésotérique. Des sentiers sinueux mènent le visiteur à travers des grottes secrètes, des fontaines bouillonnantes et des escaliers qui semblent descendre au centre même de la Terre.

Le bruit apaisant de l'eau qui se précipite accompagne le visiteur à chaque pas, des cascades cachées aux lacs sereins qui reflètent le ciel bleu. Des statues anciennes, cachées parmi des arbres centenaires, regardent silencieusement les passants, tandis que de petits ponts et des passerelles en pierre vous invitent à traverser dans des mondes cachés au-delà de la verdure luxuriante.

Au fur et à mesure que la journée avance et que la lumière du soleil commence à s'adoucir, baignant tout dans des tons dorés, la Quinta da Regaleira semble vibrer d'une énergie magique. Le crépuscule apporte un nouvel air d'incertitude, alors que de longues ombres s'étendent sur les allées et que le palais devient une silhouette romantique sur le ciel teinté de rose et d'orange.

Parmi les nombreuses surprises cachées dans les jardins, il y a la chapelle, avec son architecture délicate et ses détails qui semblent défier les notions traditionnelles d'espace sacré. Petit mais impressionnant, il reflète le mysticisme qui imprègne toute la Quinta, avec des vitraux qui projettent des couleurs douces sur le sol en pierre, créant une atmosphère de calme et de contemplation. Autour d'elle, des statues de figures mythiques se cachent parmi la végétation, gardiennes d'anciens secrets, témoins silencieux de rituels oubliés.

Dans chaque coin, il y a une histoire qui attend d'être découverte, un secret enfoui dans les symboles maçonniques et alchimiques qui ornent la propriété. Quinta da Regaleira n'est pas seulement un lieu à visiter ; C'est un sanctuaire de réflexion, de recherche intérieure et de connexion avec le mystérieux. Elle semble inviter chaque visiteur à explorer à la fois le monde qui l'entoure et les profondeurs de son âme, faisant de chaque visite une expérience profondément personnelle et inoubliable.

Le puits d'initiation, situé dans les jardins profonds de la Quinta, est plus qu'une structure architecturale - c'est un portail symbolique vers un voyage spirituel et mystique.

Vu de l'extérieur, il pourrait être confondu avec un puits ordinaire, mais en s'approchant de son bord et en regardant vers le bas, le visiteur est confronté à une spirale descendante qui semble se perdre dans les profondeurs de la terre. L'atmosphère y est chargée de mystère, comme si l'air même vibrait d'histoires anciennes.

La descente à travers le Puits Initiatique est une expérience transformatrice. L'escalier en colimaçon, taillé dans la pierre et soigneusement patiné, emmène le visiteur dans un monde souterrain où la lumière du soleil s'éloigne de plus en plus. Chaque pas, dans le cadre d'un rituel ancien, semble symboliser une étape du voyage intérieur – un voyage dans l'inconnu, dans les profondeurs de son âme et de son inconscient. Les murs de pierre, recouverts de mousse et d'humidité, donnent l'impression que le temps s'est vraiment arrêté là, que nous sommes au-delà du monde extérieur, comme si le puits était un lien avec les époques passées, lorsque l'occulte et le spirituel dominaient la psyché humaine.

Le long de la descente, de petites ouvertures dans les murs laissent entrer la lumière, créant un jeu d'ombres et de reflets qui augmente le sentiment d'inconnu. Ces aperçus de lumière naturelle, filtrée à travers la végétation qui entoure le puits, illuminent les marches d'une manière presque éthérée, comme si la lumière guidait le chemin, tandis que l'obscurité croissante invite à la réflexion.

Le nombre de pas n'est pas aléatoire. On dit que la structure a été construite avec un profond symbolisme ésotérique, représentant les neuf cercles de l'enfer de Dante, ou les niveaux de purification spirituelle dans les anciennes traditions initiatiques. Le parcours à travers le puits est à la fois physique et métaphysique, invitant le visiteur à réfléchir sur les mystères de la vie et de la mort, de l'ascension et de la chute, de la lumière et de l'obscurité.

Au fond du puits, une rose des vents est gravée sur le sol en pierre, entourée d'une croix templière, renforçant le symbolisme alchimique et spirituel qui imprègne la structure. Là, au cœur de la terre, le visiteur est confronté à une immobilité absolue, à un silence profond qui semble résonner dans son propre esprit. C'est comme si le puits était un lieu de renaissance – une descente dans les ténèbres puis de retour dans la lumière, plus sage, plus éveillé, plus conscient des significations qui entourent l'existence.

Le puits initiatique n'a pas d'interprétation unique. Certains y voient une allégorie de la mort et de la renaissance spirituelle, d'autres un chemin d'initiation aux secrets de l'alchimie et des ordres initiatiques. Cependant, l'expérience est unique à chaque visiteur. Lorsque vous montez à nouveau l'escalier en colimaçon, chaque pas vers la surface semble porter en lui une nouvelle perception, une nouvelle compréhension de ce que signifie marcher sur le chemin de la connaissance de soi.

Lorsqu'il émerge enfin de l'obscurité à la lumière, le visiteur n'est plus le même. Le puits initiatique, avec sa profondeur physique et symbolique, laisse une marque indélébile dans l'âme, comme si la terre elle-même avait chuchoté ses secrets les plus anciens, révélant des fragments d'une connaissance qui dépasse le temps et l'espace. C'est un lieu de transformation, un espace où le spirituel et le terrestre se rencontrent, créant une expérience inoubliable pour le corps et l'esprit.

Je me promenais partout, je ressentais toute cette aura mystique et ces vibrations. Mais cela m'a pesé : « qu'est-ce que je cherche ici ? »

Je me suis promené dans les magnifiques grottes, j'ai vu des passages secrets et j'étais curieux de savoir où ils pouvaient m'emmener et ce qui pouvait être caché.

Mais je ne croyais pas que dans l'une de ces grottes, il pouvait y avoir une chambre avec le Saint Graal.

Je suis sorti de la Quinta et j'ai marché mélancoliquement dans la rue de la sortie principale, en direction du centre-ville. Je me demandais si tout ce mouvement n'était pas juste un besoin de vacances et ne deviendrait que quelques mois sabbatiques, avant de revenir à la vie ordinaire, aussi stupide qu'avant.

Quand je me suis arrêté devant le Biester. J'avais lu sur cet endroit dans mes recherches sur Sintra. L'endroit, qui se trouve immédiatement à côté de la Quinta da Regaleira, avec de possibles liaisons souterraines entre l'une et l'autre, est même plein d'histoires obscures, il dispose même d'une chambre d'initiation avec des tunnels qui peuvent se connecter à la Quinta et d'autres chambres qui peuvent être oubliées depuis longtemps. Il a aussi son gigantesque jardin, et le palais lui-même est l'une des plus belles choses de toute l'Europe.

Le palais du Biester, qui est caché presque secrètement sur le chemin de la Quinta, parvient à être tout aussi surprenant. C'est un joyau discret, entouré de forêts anciennes et environnantes. Sa façade, marquée par des éléments néogothiques, semble émerger de la végétation comme une œuvre d'art sculptée par les nymphes elles-mêmes. Avec ses caractéristiques détaillées et élégantes, elle porte une aura de mystère, montrant qu'elle recèle de profonds secrets, chuchotés par les murs au vent qui souffle doucement entre les arbres centenaires.

Construit à la fin du XIXe siècle, le palais de Biester a été conçu comme un havre de tranquillité et de contemplation, où l'âme peut se perdre dans ses nombreuses nuances architecturales. Le bâtiment, aux tons chauds et ocres, présente des tours délicates et des fenêtres ornées, chacune offrant une vue spéciale sur les jardins luxuriants qui l'entourent. En s'approchant, il est impossible de ne pas remarquer les détails sculptés dans la pierre et le fer, qui rappellent les symboles anciens, mêlant le sacré et le profane, l'historique et l'ésotérique.

Les jardins qui entourent le palais sont comme un labyrinthe enchanté, où les sentiers sinueux se perdent parmi les arbres aux feuilles denses et aux fleurs rares. De petits lacs et des fontaines discrètes émettent le son apaisant de l'eau, invitant à la méditation et à la solitude. Là, parmi la végétation, il y a des grottes cachées et des passages secrets qui évoquent le même esprit énigmatique qui plane sur tout Sintra, créant un lien invisible avec la terre et ses mysticismes.

À l'intérieur, le Biester Palace ne déçoit pas. Chaque chambre est un voyage dans le temps, orné de meubles exquis et de détails artistiques qui révèlent l'influence de divers courants culturels et esthétiques. De délicats lustres pendent du plafond, diffusant une douce lumière qui danse sur les murs en bois sculpté et les fines tapisseries. Les vastes salons, remplis de fenêtres, permettent à la lumière naturelle de s'infiltrer délicatement, mêlant l'extérieur sauvage à l'élégance raffinée de l'intérieur.

En montant les escaliers en colimaçon, le visiteur est conduit à un étage supérieur qui offre une vue majestueuse sur les collines de Sintra et, par temps clair, sur le vaste océan au loin.

Ce mélange d'intérieur et d'extérieur, de beauté cultivée et de nature sauvage, définit l'esprit du palais de Biester, un lieu de contemplation et de beauté, où le temps semble se replier sur lui-même, offrant aux visiteurs une expérience de profonde sérénité, enveloppée de splendeur.

Le palais de Biester est un coin intime, un joyau caché parmi les grandes merveilles de Sintra. Il représente la fusion parfaite entre l'humain et le naturel, l'ésotérique et le romantique, étant une invitation irrésistible pour ceux qui souhaitent se perdre dans son atmosphère de calme et d'enchantement, où chaque détail et chaque ombre racontent une histoire.

Mais il y a encore des détails plus importants dans le palais. La salle initiatique du palais du Biester est un lieu de symbolisme et de mysticisme profonds, caché à l'intérieur de ce lieu unique. Dès l'entrée de ses portes, le visiteur est

enveloppé d'une atmosphère de révérence. La chambre, un espace sacré et réservé, a été conçue pour évoquer un sentiment de transcendance et de connexion avec l'invisible, un lieu où des rituels de transformation spirituelle et de découverte intérieure étaient effectués.
La lumière dans la chambre initiatique est douce et indirecte, pénétrant à travers de hautes fenêtres et des vitraux colorés qui projettent des motifs mystérieux sur les murs sculptés.

L'environnement semble suspendu, où chaque détail architectural suggère qu'il ne s'agit pas seulement d'un espace physique, mais aussi d'un lieu de méditation profonde. Les murs, ornés de symboles ésotériques et de figures mystiques, semblent raconter des histoires, des histoires que seuls ceux qui sont prêts à ouvrir leur esprit peuvent comprendre.

Au centre de la salle, une plate-forme circulaire est entourée de piliers de pierre délicatement sculptés, symbolisant l'union entre le terrestre et le spirituel. Ce centre, aussi simple que puissant, est l'endroit où les initiés se plaçaient pour des rituels et des méditations, comme si l'espace lui-même invitait au silence profond et à l'introspection. Chaque pierre semble porter le poids de siècles de connaissances occultes, comme si les voix des ésotériques, des mystiques et des chercheurs spirituels résonnaient à travers ses murs.

Au-dessus, le plafond de la Chambre Initiatique est une œuvre d'art en soi, un ciel symbolique représenté par des formes géométriques qui font référence aux étoiles, aux planètes et aux mystères du cosmos. Le sentiment est qu'en se positionnant au centre de la chambre, l'initié est au cœur d'un univers plus vaste, connecté aux forces supérieures qui guident l'évolution spirituelle.

La lumière qui descend du plafond semble toucher doucement la personne au centre, comme si elle baignait l'âme d'une énergie sacrée et réparatrice.

Les colonnes qui entourent la chambre sont ornées de motifs qui font référence à des ordres anciens, en particulier au rosicrucianisme, renforçant l'idée qu'il s'agit d'un espace de révélation, de recherche des secrets les plus profonds de l'existence. Au sol, des motifs géométriques en noir et blanc, comme un échiquier, symbolisent l'éternelle dualité de la vie — le bien et le mal, la lumière et les ténèbres, le conscient et l'inconscient, — éléments essentiels du voyage initiatique.

Le silence à l'intérieur de la chambre est palpable, presque tangible, comme si l'environnement lui-même était protégé par un voile de mystère. Au fur et à mesure que vous vous déplacez à l'intérieur, le bruit des pas est étouffé, créant l'impression que l'espace est plus que simplement physique – il semble circuler entre le visible et l'invisible, entre le présent et l'éternel. C'est un lieu qui invite à la contemplation silencieuse, où le monde ordinaire perd de sa pertinence et où l'attention se tourne entièrement vers l'intériorité.

Quand je suis sorti de la Chambre Initiatique, j'ai réalisé combien il est impossible de se sentir comme avant. L'environnement, si chargé de sens, semble avoir laissé une marque invisible sur l'âme, comme si l'expérience dans cet espace sacré avait réveillé quelque chose de dormant.

La salle initiatique du palais de Biester est donc plus qu'une simple pièce, c'est un portail vers la transformation, un lieu où l'âme s'aligne avec le cosmos et où l'esprit s'élève à la recherche de vérités éternelles.

Oui, j'ai trouvé des endroits incroyables à Sintra et sur ses secrets templiers. Mais « *qu'est-ce que je m'attendais à trouver ?* ».

Je marchais mélancoliquement vers le train pour Lisbonne. Après tout, je n'étais en vacances que dans un ton sûr.

Chapitre 2
La femme en rouge
III. Clavis.

La nuit, le Bairro Alto de Lisbonne se transforme en un monde à part, vibrant et énergique, où les rues pavées étroites prennent une nouvelle vie sous la lumière jaunâtre des vieilles lampes. Les façades des bâtiments, ornées de balcons en fer et de tuiles patinées, semblent plus vives dans l'obscurité, révélant une beauté discrète et décadente, typique du charme de Lisbonne.

L'air est dense, chargé de l'odeur de la nourriture provenant des tavernes et des restaurants, et du mélange de parfums et de sons de rires et de musique qui se répand à travers les portes ouvertes des bars.

Le quartier, pendant la journée, semble calme et presque endormi, mais à la tombée de la nuit, il se réveille comme guidé par une énergie souterraine. De petits groupes de personnes se rassemblent aux coins des rues, remplissant les rues de voix et d'histoires qui s'entremêlent dans l'air, comme si la ville elle-même était en fête. Le fado, cette chanson mélancolique et profonde, résonne dans certains coins, s'échappant par les portes entrouvertes des maisons de fado qui perpétuent cette tradition, avec des musiciens et des chanteurs qui expriment l'âme de Lisbonne à travers chaque note.

Au fur et à mesure que la nuit avance, le Bairro Alto palpite à son propre rythme. Les bars exigus et intimistes commencent à déborder, et les rues deviennent des extensions des établissements eux-mêmes. Les gens boivent du vin, des bières artisanales et des cocktails, tout en s'étalant sur les trottoirs et les escaliers, occupant chaque centimètre disponible. Le son des conversations animées se mêle au rythme électrisant des DJ qui jouent dans les petits clubs, où les néons vacillent et où l'environnement devient saturé d'énergie.

En même temps, il y a quelque chose de presque poétique dans le chaos ordonné qui s'y déroule. Le contraste entre les rues séculaires, qui ont vu passer tant de générations, et la jeunesse vibrante qui occupe aujourd'hui chaque coin de rue crée une atmosphère de fusion entre l'ancien et le nouveau. C'est comme si le Bairro Alto gardait l'essence des temps passés, mais en même temps se renouvelait chaque nuit, dans un cycle de vie constant.

Et même si la fête est le protagoniste, il y a des moments de calme cachés dans ses ruelles. En vous éloignant des rues les plus fréquentées, vous découvrez des coins tranquilles, où les ombres des arbres se balancent doucement sous la lumière des lampadaires, et où les bruits lointains de la nuit deviennent un murmure au loin. Là, au milieu de l'agitation, il est possible de trouver la sérénité, comme si le quartier voulait offrir une pause à ceux qui recherchent un moment de silence inattendu.

Le Bairro Alto est un kaléidoscope d'expériences - de la musique vibrante à l'immobilité inattendue, des sourires et des rencontres fortuites au sentiment d'appartenance à quelque chose de plus grand. C'est le cœur battant de la vie nocturne de Lisbonne, où la ville montre son visage le plus vivant et où le temps semble se dissoudre dans un flux continu de joie, de musique et de fête.

Je me suis arrêté dans l'un de ces bars qui avaient l'air d'un authentique pub irlandais. J'ai commandé un Old Fashioned. Après tout, j'avais besoin de commencer à profiter de mes vacances.

Alors qu'il finissait déjà de boire, une silhouette grande et mince entra dans la porte. Elle avait de longs cheveux bruns, et tout en elle me faisait penser qu'elle était britannique. À côté d'elle, une amie aux cheveux bouclés foncés et aux sourcils frappants.

Nos regards se sont croisés un instant, et j'ai ressenti cette étincelle rare, cette décharge d'attraction qui ne se produit que quelques fois dans la vie.

Une chaleur soudaine a parcouru mon corps, mon cœur s'est brièvement emballé et une légère poussée d'adrénaline m'a fait détourner le regard. Je me suis tourné vers le barman et j'ai commandé un autre verre, essayant de paraître inconscient de ce qui venait de se passer.

Ils se sont assis à une table voisine, et avec la musique à un volume modéré, j'ai entendu des fragments de ce dont ils parlaient. Il semblait qu'ils célébraient quelque chose d'important, peut-être une interview que l'une d'entre elles avait accordée à une chaîne américaine, mentionnant le succès d'un livre qu'elle avait publié.

La femme en rouge s'est levée, s'est dirigée vers le comptoir et s'est arrêtée à côté de moi pour commander deux bières. Pendant qu'il attendait, il s'est tourné vers moi et, avec un sourire sournois, m'a dit dans un anglais impeccable, mais avec un accent charmant, que je n'ai pas pu identifier :

« Avez-vous toujours cet air mélancolique et mystérieux, ou est-ce que ce soir est spécial ? »

J'ai senti mon visage s'échauffer. Je ne m'attendais pas à ce qu'elle entame une conversation avec moi.

"Eh bien... aujourd'hui, c'est la nuit de la pleine lune, je pense que tout s'intensifie, n'est-ce pas ? » — répondis-je, essayant de rester calme en prenant mon verre.

Elle sourit avec une étincelle dans les yeux.

« C'est la première fois que je viens à Lisbonne, n'est-ce pas ? »

J'ai hoché la tête.

« Et que cherchez-vous ? Tous ceux qui se retrouvent ici cherchent quelque chose.

J'étais intrigué par le mot « nous étions ».

« Le Saint Graal », répondis-je d'un ton de défi.

Elle a éclaté de rire.

Son amie, à table, nous regardait curieusement.

« Je croyais que le Graal s'était perdu dans les brumes du Moyen Âge européen », a-t-elle dit, toujours avec un sourire, mais il y avait quelque chose d'énigmatique dans son ton.

C'est à ce moment-là que j'ai compris qu'elle n'était pas européenne.

— « Notez mon numéro. Quand vous le trouverez, appelez-moi », a-t-elle dit en me tendant le téléphone pour que nous puissions échanger nos contacts.

Elle est retournée à la table et j'ai fini mon verre. J'ai décidé de sortir et de me promener dans les rues du Bairro Alto. En marchant, ce qu'elle m'avait dit résonnait dans mon esprit : « perdu au Moyen Âge ». Il y avait quelque chose dans cette phrase, quelque chose de plus profond, qui résonnait dans ma tête comme une énigme.

Et l'Europe était pleine d'anciens mystères, d'alchimistes disparus, de livres occultes, de châteaux avec leurs galeries secrètes. Peut-être devrais-je considérer certains des mythes que j'ai vus dans ces ordres secrets et continuer à chercher quelque chose, peut-être pas seulement au Portugal.

Quelques jours plus tard, lors d'une de mes promenades dans l'Alfama, je suis passé devant le musée du théâtre romain de Lisbonne et j'ai décidé d'y entrer.

Je me suis rendu compte qu'il y avait une exposition de peintures. Eh bien, j'ai rarement ressenti cette sensation.

Peut-être seulement lorsque j'ai vu pour la première fois la fontaine de Trevi, ou l'Enlèvement de Proserpine, dans la galerie Borghèse à Rome.

Les peintures de Barahona Possollo sont une célébration à la fois vibrante et profondément symbolique de la tradition classique de l'art, mais avec une sensibilité contemporaine et des nuances sombres. L'artiste portugais, connu pour sa maîtrise technique, crée des œuvres qui sauvent la grandeur des maîtres anciens – à mon avis, il s'agit du Caravage portugais – mais avec un look moderne et souvent énigmatique.

Ses portraits et ses compositions sont imprégnés d'une aura presque mystique, où l'utilisation dramatique de la lumière et de l'ombre, ainsi que l'attention obsessionnelle aux détails, capturent l'essence et l'âme de ses sujets d'une manière qui va au-delà de la simple représentation physique.

Possollo utilise un réalisme intensifié, où chaque détail, de la texture de la peau à la complexité des tissus, est travaillé avec une précision presque photographique, mais qui ne se limite pas à la reproduction de la réalité. Ses figures, souvent placées dans des poses classiques, semblent émerger d'un espace intemporel, suspendues entre le présent et une dimension plus profonde et plus symbolique.

Il y a quelque chose d'introspectif et d'éthéré dans ses portraits ; Les expressions des personnages représentés semblent suggérer des histoires inédites, des secrets cachés derrière des regards pénétrants et subtilement chargés d'émotion.

L'un des éléments les plus frappants de ses œuvres est l'utilisation dramatique du clair-obscur, une technique héritée des maîtres baroques, où la lumière se concentre sur les éléments les plus significatifs de la composition, mettant en valeur les visages, les mains et les objets symboliques, tandis que le reste de la scène se dissout dans des ombres profondes et mystérieuses.

Ce contraste accentue l'intensité émotionnelle des œuvres, créant une atmosphère de mystère, presque dantesque. Le spectateur est souvent amené à contempler non seulement la beauté technique du tableau, mais aussi ce qu'il suggère au-delà du visible, comme si les personnages étaient enveloppés dans un récit silencieux, quelque chose qu'eux seuls et l'artiste comprennent pleinement.

Les thèmes de Possollo font souvent référence à des motifs classiques et religieux-mythiques, mais toujours avec une interprétation personnelle et unique. Ses représentations de saints, par exemple, sont loin d'être de simples icônes de dévotion. Au lieu de cela, il y a un certain air de vulnérabilité et de réalité qui transforme ces figures en êtres humains complexes, pleins de conflits internes.

Il explore également la nature symbolique des objets – livres, reliques, couronnes – qui ajoutent des couches de sens à ses compositions, suggérant des récits cachés et des références à la fois aux traditions occidentales et ésotériques.

Possollo semble jouer avec le temps dans son art, fusionnant les époques et les styles. Son œuvre, tout en évoquant la Renaissance et le baroque, a une qualité contemporaine qui la rend pertinente pour le présent. Ses peintures peuvent être considérées comme un pont entre la grande tradition de la peinture européenne et les préoccupations et sensibilités modernes, un dialogue entre le passé et le présent qui se déroule dans chaque toile.

L'art de Barahona Possollo est marqué par une beauté troublante, où la virtuosité technique trouve une profondeur psychologique et symbolique. Chaque tableau est une fenêtre sur un monde chargé de significations cachées, où la lumière et l'ombre, l'histoire et le mythe, le bien et le mal, le banal et le spirituel, et même l'érotique et le sacré s'entremêlent dans un jeu fascinant de significations et d'émotions.

L'effet que ces peintures ont eu sur moi était déchirant. Tout ce symbolisme si magnifiquement était presque transcendantal.
Je me souvenais de mes études d'alchimie à l'adolescence, des gravures médiévales pleines de symboles cachés et oubliés, qui pouvaient indiquer la connaissance sacrée.

Si quelqu'un pouvait exprimer cela dans son art, tout était possible.
Il était possible que des alchimistes aient découvert Azoth, la pierre philosophale. Il était possible qu'il y ait des mystères qui n'étaient pas encore compris par la grande majorité des hommes.

Et, enrichissant mes yeux avec ces peintures, je me suis souvenu que je n'étais pas si loin de la ville où se trouvait peut-être l'un des alchimistes les plus intrigants et les plus énigmatiques de tous les temps, s'il était encore en vie (plus de 200 ans).

Fulcanelli, l'une des principales figures de l'alchimie moderne, si ce n'est la principale, entourée de mystères et de mythes qui inspirent encore aujourd'hui la curiosité et la spéculation. Connu principalement pour ses écrits alchimiques, en particulier les ouvrages « Le mystère des cathédrales » et « Les demeures philosophiques », Fulcanelli est une figure enveloppée d'ombres - sa véritable identité reste un secret soigneusement gardé, alimentant des théories et des légendes allant de sa possible immortalité à son implication dans des sociétés secrètes.

Le pseudonyme sous lequel l'alchimiste s'est fait connaître n'a jamais été identifié avec certitude. Plusieurs théories ont été proposées au fil des ans, certaines suggérant qu'il était un scientifique ou un intellectuel français de premier plan de l'époque, comme Jules Violle, Eugène Canseliet (son disciple présumé), ou même le célèbre physicien Pierre Curie. D'autres pensent qu'il pourrait s'agir d'un personnage encore plus âgé, qui aurait réussi à prolonger sa propre vie grâce à l'élixir d'immortalité, ce que de nombreux alchimistes recherchaient.

L'absence de documents clairs sur Fulcanelli et la nature presque surnaturelle de sa figure ont donné lieu à la spéculation qu'il avait maîtrisé les secrets les plus profonds de l'alchimie – la transmutation des métaux, la pierre philosophale et, surtout, le pouvoir sur la mort elle-même. Sa prétendue capacité à rester anonyme à une époque d'intense activité intellectuelle a alimenté les rumeurs selon lesquelles il avait atteint l'immortalité.

Les deux œuvres majeures de Fulcanelli sont complexes et hautement symboliques, se concentrant sur les secrets alchimiques cachés dans les structures gothiques et l'architecture antique. Il ne s'est pas limité à des discussions théoriques sur le processus alchimique, mais a lié le Grand Arcane à l'art et à l'architecture, voyant dans les cathédrales médiévales, comme Notre-Dame de Paris, de véritables livres de pierre, où seraient inscrits les secrets de l'alchimie.

« Le mystère des cathédrales » explore l'idée que les architectes et les constructeurs des grandes cathédrales gothiques ont été initiés aux mystères de l'alchimie, et que les bâtiments eux-mêmes ont servi d'instruments d'enseignement spirituel et ésotérique. Fulcanelli considérait ces cathédrales comme des représentations physiques de la connaissance hermétique, où chaque détail – des sculptures aux symboles apparemment décoratifs – cachait des significations cachées liées au processus alchimique.

« Les demeures philosophiques » poursuit cette ligne de pensée, en analysant des monuments, des constructions et des symboles qui, selon lui, incorporaient des connaissances alchimiques. Fulcanelli a suggéré que ces monuments servaient de guides à ceux qui étaient capables d'interpréter leurs secrets, les conduisant à la découverte de la pierre philosophale, qui symbolise la transmutation spirituelle et matérielle.

Le mythe de Fulcanelli ne se limite pas à son œuvre écrite. Il aurait mystérieusement disparu après la publication des « Demeures philosophiques », laissant son disciple Eugène Canseliet comme gardien de ses secrets. Canseliet, dans ses écrits, a déclaré que Fulcanelli aurait réussi à mener à bien la grande œuvre alchimique, qui, selon la légende, lui aurait donné le pouvoir sur la mort.

Un autre mythe intriguant sur Fulcanelli implique la Seconde Guerre mondiale. Selon les rumeurs, des scientifiques nazis auraient cherché à obtenir le secret de la transmutation des métaux en or ou à utiliser ses connaissances dans la création d'une arme de destruction massive.

Cependant, Fulcanelli aurait disparu, échappant à toute tentative de contact. Certains rapports suggèrent même que Fulcanelli aurait averti ses disciples des dangers de l'énergie nucléaire avant l'explosion des bombes atomiques.

L'une des histoires les plus notables est la dernière apparition présumée de Fulcanelli à Séville, où il aurait résidé. Selon Canseliet, il aurait rencontré son maître des décennies après sa disparition, en 1954, en Espagne. À cette occasion, Fulcanelli aurait été nettement plus jeune qu'au moment de sa disparition, alimentant la légende selon laquelle il aurait en fait découvert le secret de l'immortalité.

Ce qui fait de Fulcanelli une figure si intrigante, ce n'est pas seulement le mystère de son identité, mais la profondeur philosophique et symbolique de son œuvre. Fulcanelli transcende l'alchimie purement matérialiste – la transmutation du plomb en or – et explore l'alchimie spirituelle, où la véritable transformation est celle de l'alchimiste lui-même.

Pour Fulcanelli, les cathédrales et les monuments n'étaient pas seulement des œuvres architecturales, mais des symboles profonds de la recherche de l'illumination spirituelle et de la compréhension des lois divines de l'univers.

Son héritage est enveloppé de ténèbres, et il reste l'une des figures les plus discutées et les plus vénérées du monde ésotérique, en particulier parmi ceux qui considèrent l'alchimie non seulement comme une science physique, mais comme une science spirituelle.

Fulcanelli, qu'il soit une personne réelle ou une construction symbolique, représente la recherche éternelle de la sagesse cachée, du dépassement des limites humaines et du pouvoir de percer les mystères les plus profonds de l'existence.

Et apparemment, j'étais toujours dans cette quête.

Chapitre 3
Le Libraire
IV. Clavis.

J'avais abandonné l'espoir de trouver un quelconque « Saint Graal » ou « Pierre Philosophale » dans les profondeurs de la Chambre d'Initiation du Biester. Cependant, j'ai réussi à me rendre en Espagne.

Séville est une ville qui palpite de vie, d'histoire et de passion, où le passé et le présent s'entremêlent à chaque coin de rue. Située sur les rives du fleuve Guadalquivir, la ville semble éternellement baignée d'une lumière dorée qui met en valeur la beauté de ses places, de ses églises et de ses palais.

L'horizon de Séville est dominé par la majestueuse Giralda, la tour qui était autrefois le minaret d'une mosquée et qui est aujourd'hui le symbole d'une ville marquée par des siècles de cultures entrelacées. La cathédrale, la plus grande église gothique du monde, impose sa présence imposante au cœur de la ville, avec ses pierres qui semblent raconter des histoires de conquête, de dévotion et de pouvoir.

Les rues de Séville sont un charmant labyrinthe de ruelles étroites et de larges avenues, où se déroule la vie quotidienne à l'ombre des orangers et au son des conversations animées. Les ruelles du quartier de Santa Cruz, ancien quartier juif, sont un havre de tranquillité, avec leurs maisons blanchies à la chaux, leurs balcons fleuris et leurs cours cachées qui vous invitent à faire une pause au calme.

En se promenant, il est facile de se perdre dans la beauté des détails : les carreaux colorés, les portes en bois massif, les fontaines qui murmurent doucement dans la chaleur de midi.

L'esprit de Séville est vibrant, passionné et profondément enraciné dans ses traditions. La ville vit le flamenco comme s'il s'agissait d'une extension de son âme. Dans chaque bar, dans chaque taverne, vous pouvez sentir les claquements de mains et entendre le toucher mélancolique de la guitare, accompagnant des voix qui expriment le sentiment viscéral et intense du « cante jondo ».

Séville respire le flamenco, et cet art distinctif reflète le caractère même de la ville : intense, passionné et, en même temps, profondément lyrique.

Les places de Séville sont le centre de la vie sociale, en particulier l'emblématique Plaza de España, avec son majestueux demi-cercle qui longe un canal serein. Là, pendant la journée, les familles se promènent, les couples pagayent dans les eaux calmes et les visiteurs se perdent dans la richesse des tuiles qui représentent les provinces d'Espagne. Juste à côté, le Parque de María Luisa offre un refuge verdoyant et luxuriant, où fontaines, sculptures et sentiers sinueux conduisent les passants vers des moments de paix au milieu de l'agitation de la ville.

Séville est aussi un régal pour les sens. Ses tavernes et ses bars à tapas sont des lieux de rencontre et de célébration, où les saveurs uniques de la cuisine andalouse sont servies en petites portions qui invitent au partage. Jambon ibérique, gaspacho frais, poisson frit - chaque plat est une expression de la terre, des ingrédients locaux et de la tradition qui se transmet de génération en génération. Au crépuscule, les tables extérieures se remplissent de personnes dégustant un verre de vin ou une bière rafraîchissante, tandis que l'odeur de la nourriture et les rires des conversations remplissent l'air.

Séville est avant tout une ville de contrastes et d'harmonie. La grandeur de ses monuments, tels que l'Alcazar – un palais mauresque qui ressemble à quelque chose des « Mille et Une Nuits » avec ses cours en marbre, ses jardins parfumés et ses mosaïques complexes – se mêle à la simplicité accueillante des rues les plus humbles. C'est une ville qui honore son passé arabe, juif et chrétien, dont les cultures ont laissé des traces profondes, visibles sur toutes les façades, dans chaque église transformée en mosquée, dans chaque fête traditionnelle.

Au cœur de tout cela, il y a le Sévillan : chaleureux, accueillant et fier de sa terre. Séville a son propre rythme, où le temps semble ralentir, surtout pendant les après-midi de sieste, lorsque le soleil est implacable et que la ville plonge dans un silence paresseux. Mais à la tombée de la nuit, la ville se réveille avec une énergie vibrante, ses rues remplies de vie, de musique et de fête. Séville est une ville qui se vit intensément, avec tous les sens, un lieu où le passé est présent à chaque pas, et où l'avenir est célébré avec la même passion qui a guidé son âme pendant des siècles.

Pâques à Séville, plus précisément la Semaine Sainte, est une célébration profondément enracinée dans l'âme de la ville, où la foi et la tradition s'entremêlent dans une atmosphère chargée d'intensité et de révérence. Au cours de cette semaine, Séville plonge dans un cadre sombre et solennel, où le mysticisme religieux s'exprime de manière visuelle et émotionnelle, enveloppant ses habitants et ses visiteurs dans une expérience presque liturgique. C'est une période où la ville, normalement vivante et vibrante, prend un ton plus sombre, et les processions envahissent les rues avec un poids presque cérémoniel, chargé de pénitence et de dévotion.

À la tombée de la nuit, Séville change. Les rues étroites et sinueuses du centre historique, baignées par la lumière vacillante des lampes, deviennent des passages lugubres où s'étirent des ombres de personnages encapuchonnés, les Nazaréens, s'étirent sur les façades des bâtiments centenaires. Vêtus de leurs longues tuniques et de leurs capuchons coniques qui couvrent entièrement leurs visages, les Nazaréens marchent en rangées silencieuses et ininterrompues, tenant des bougies dont les flammes vacillantes semblent combattre l'obscurité qui enveloppe la ville. L'image de ces pénitents, cachés dans leurs robes, crée une atmosphère presque médiévale, évoquant des rituels de purification et de sacrifice.

Le silence qui domine les processions est oppressant. Les bruits de la vie quotidienne semblent s'estomper, et la seule chose que vous entendez est le bruit des pieds des Nazaréens sur les pierres anciennes et le battement funèbre des tambours, marquant le rythme lent et solennel. Les trompettes résonnent dans les rues étroites, leurs sons aigus fendant l'air lourd, comme un appel lointain, presque macabre, qui semble évoquer quelque chose de plus profond et de plus primal. Les rues sont pleines de monde, mais l'atmosphère est à l'introspection et au respect. Chaque visage dans la foule reflète le poids de la tradition qui se déroule sous vos yeux, une tradition qui remonte à des siècles d'histoire et de dévotion.

Lorsque les pasos – les énormes chars qui portent les images du Christ et de la Vierge Marie – apparaissent, l'atmosphère change. Les figures du Christ, souvent sculptées avec des expressions d'agonie et de souffrance, rappellent viscéralement le martyre et la mort. Les scènes de la Passion sont dépeintes avec une intensité presque crue, et le poids de la crucifixion est palpable dans chaque détail des chars, richement décorés d'or, de bougies fondant lentement et de fleurs rouge sang. Le Christ crucifié avance lentement dans les rues, porté par les costaleros, dont les corps se tordent sous le poids écrasant de l'andor, invisibles sous le manteau de fleurs et de parures.

Le public, écrasé contre les murs des rues étroites, regarde dans un silence chargé d'émotion. Des larmes coulent discrètement des yeux de beaucoup, tandis que l'air est rempli de murmures de prière et de supplications silencieuses.

L'atmosphère est celle du deuil profond et de la réflexion, non seulement sur la souffrance du Christ, mais aussi sur sa propre mortalité et les péchés que chacun porte. Le passage du Christ crucifié semble rappeler à tous l'inéluctabilité de la mort, du jugement et de la pénitence.

Juste après le Christ, vient la Vierge des Douleurs, la Mère de Dieu enveloppée dans des robes noires et dorées, le visage marqué par la douleur insupportable de la perte de son fils.

L'expression de désespoir sur le visage de la Vierge, sculptée avec un réalisme étonnant, est un coup émotionnel pour ceux qui regardent. Chaque pas qu'elle fait est suivi de regards fixes de dévotion, et lorsqu'une chanteuse, cachée sur l'un des balcons des rues étroites, le silence est rompu par cette mélodie perçante, un chant de douleur qui résonne dans les ruelles sombres, intensifiant le poids de l'instant.

Les cierges que portent les Nazaréens projettent une lumière tamisée, éclairant partiellement leurs visages cachés, tandis que les pas des processions serpentent à travers les ruelles et les places, suivant le même chemin qui, pendant des siècles, a été foulé par les pénitents et les fidèles. C'est une marche qui traverse le cœur de la ville, mais qui semble aussi traverser le temps, comme si les âmes des morts et des vivants étaient là, mêlées dans l'obscurité, à regarder le déroulement de ce rituel ancestral.

La nuit la plus sombre de toutes est l'aube du Vendredi Saint. La ville reste en veille, les processions les plus importantes partant pendant la nuit profonde. Le Christ de l'Hermandad del Gran Poder et la Vierge Macarena sont conduits à travers les rues au milieu d'un silence presque sépulcral, rompu seulement par les gémissements des trompettes et le battement grave des tambours. C'est comme si le temps s'était arrêté et que Séville avait été transportée à un seuil entre la vie et la mort, entre le sacré et le profane.

La Semaine Sainte à Séville n'est pas seulement un événement religieux, c'est une plongée dans quelque chose de primitif et de profond. C'est un mélange de foi, de deuil et d'espérance, où la ville se couvre d'un manteau de ténèbres et de contemplation, tandis que les rituels de pénitence et de dévotion enveloppent les âmes de tous ceux qui témoignent de la grandeur solennelle de ces processions.

J'ai traversé cette procession de personnages fantomatiques mais fascinants lorsque mes yeux étaient fixés sur une réplique du Saint Suaire qui passait. Le bourdonnement autour de moi devint un écho lointain pendant un bref instant, tandis qu'une curiosité inattendue m'enveloppait, mêlée d'une légère peur. Tout a semblé ralentir, et pendant quelques secondes, je me suis déconnecté de la foule autour de moi.

Puis je fus interrompu par la présence d'un homme beaucoup plus petit que moi. Il était impeccable à tous points de vue : des cheveux blancs comme neige, contrastant avec sa peau incroyablement jeune, presque sans temps. Sa chemise était d'un blanc immaculé, et même ses chaussures brillaient comme si elles n'avaient jamais touché le sol. Toute cette perfection m'a causé une étrangeté, comme s'il n'appartenait pas à ce scénario chaotique.

D'une voix claire et sans aucun accent que je puisse identifier, il m'a demandé, en espagnol, en me montrant le morceau devant moi :

« Savez-vous ce que c'est ? »

Réveillé de ma rêverie, je répondis, dans un espagnol rouillé :

« C'est le Saint Suaire, la représentation du Suaire qui, dit-on, couvrait le corps de Jésus. »

Il leva un sourcil, comme si cette information était nouvelle pour lui.

"Ah... Comme c'est intéressant », a-t-il dit, avec un léger sourire énigmatique, avant de se retourner et de continuer son chemin.

Avant qu'il ne se retourne, quelque chose a attiré mon attention : une chaîne en or avec un pendentif particulier pendait autour de son cou – le symbole mathématique de « plus ». Cette vue m'a déconcerté. Comment un Espagnol de cette époque, dans un pays historiquement si catholique, pourrait-il ne pas connaître le Saint Suaire ? Et que signifiait ce symbole ? J'étais curieux, mais j'ai continué mon chemin.

Le lendemain, continuant ma visite de Séville, je suis complètement étonné d'où je venais d'arriver.

La Plaza de España est, sans aucun doute, l'un des cadres les plus grandioses et les plus enchanteurs de toute l'Espagne, où l'histoire, l'art et l'architecture se rencontrent en parfaite harmonie, peut-être sans exagération. Inaugurée en 1929 à l'occasion de l'Exposition ibéro-américaine, la place est un véritable chef-d'œuvre de l'architecture régionaliste, mêlant des éléments de la Renaissance et mauresques au style espagnol traditionnel, créant une atmosphère apothéotique qui semble évoquer des siècles de culture et de tradition.

En entrant sur la place, la première impression est celle de l'immensité. Le vaste demi-cercle, embrassé par le bâtiment monumental qui s'incurve élégamment autour de la place, invite le visiteur à s'immerger dans un espace de splendeur et d'opulence. Les tours symétriques qui flanquent les extrémités de la structure semblent veiller sur le site comme des sentinelles, offrant une perspective majestueuse du ciel andalou, qui, au crépuscule, se teinte d'or, se reflétant dans les eaux tranquilles des canaux qui serpentent sur la place.

Au cœur de la Plaza de España, une grande fontaine émet des sons apaisants d'eau courante, créant une atmosphère de sérénité qui contraste avec la grandeur de l'architecture. Le mouvement de l'eau, qui reflète la lumière du soleil, ajoute une dimension presque mystique à l'expérience, comme si chaque goutte portait en elle des fragments de la longue et riche histoire de Séville. L'effet visuel est saisissant, surtout lorsque le ciel s'illumine avec les tons chauds du crépuscule, faisant briller le carré comme un bijou doré.

Les carreaux qui ornent la Plaza sont sans aucun doute l'une de ses caractéristiques les plus fascinantes. Chaque province d'Espagne est représentée par des panneaux de carreaux peints à la main qui racontent l'histoire de leurs régions, créant un sentiment d'unité et de diversité en même temps. Ces carreaux colorés embellissent non seulement l'espace, mais servent également d'hommage visuel à la riche tradition artisanale du pays. Se promener sur la place et observer les détails sur chaque panneau, c'est comme se promener sur une carte culturelle de l'Espagne, avec l'architecture vibrante et l'art coloré servant de pont entre le passé et le présent.

En plus de sa beauté architecturale et artistique, il y a une énergie presque mystique qui plane sur la Plaza de España. La symétrie de l'espace, les lignes courbes du bâtiment et le doux écoulement de l'eau créent un équilibre parfait entre la nature et l'art, faisant référence à l'idée que ce lieu n'est pas seulement une construction physique, mais un espace de contemplation et d'harmonie spirituelle.

La nuit, la place se transforme. Un éclairage tamisé baigne les murs et les tours, soulignant leur élégance imposante contre le ciel étoilé. Il y a quelque chose de presque mystique dans le calme qui s'empare de l'endroit lorsque le flux de touristes s'apaise et que la Plaza de España se transforme en un havre de beauté et de sérénité, où le temps semble s'être arrêté, permettant aux secrets et aux histoires anciennes de Séville de résonner dans les pierres et les tuiles.

La Plaza de España est bien plus qu'une simple place ; c'est une célébration visuelle et architecturale de la culture et de l'histoire de l'Espagne, un symbole de Séville et l'un des joyaux de l'Andalousie. Chaque détail, des carreaux colorés aux arches imposantes, est une invitation à se perdre dans sa grandeur et à s'immerger dans les récits qu'il raconte subtilement dans chaque coin, dans chaque reflet et dans chaque pas fait sur ses pierres séculaires.

Je suis retourné dans le quartier central de Séville et, entre une petite ruelle et une autre, j'ai vu : une librairie ésotérique.

Eh bien, je ne pouvais pas me permettre de manquer l'occasion, n'est-ce pas !?

Je suis entré dans la librairie d'un pas hésitant, comme si je cherchais plus que des livres sur les vieilles étagères en bois. L'arôme du vieux papier et du cuir imprégnait l'air, apportant un étrange sentiment de familiarité. Derrière le comptoir, le libraire – le même homme aux cheveux gris et aux cheveux blancs que j'avais rencontré la veille, devant le Suaire – lisait tranquillement, sans lever les yeux.

D'une voix douce, mais avec une touche de précision, il rompit le silence :

« Cherchez-vous quelque chose de spécifique, ou avez-vous simplement laissé le hasard vous guider ici ? », a-t-il dit, cette fois dans un anglais impeccable.

Intrigué par le ton énigmatique, j'ai répondu par un léger défi :

« Les coïncidences n'existent pas... juste l'illusion d'une coïncidence.

Il ferma le livre avec précaution, mais continua à le tenir, puis me regarda, ses yeux curieux comme s'il sondait quelque chose au-delà des mots.

"Curieux... Certains secrets se cachent souvent entre les bonnes pages. Parfois, dans des endroits improbables, il s'arrêta, nous avons un chercheur ici, n'est-ce pas ?

J'y étais entré sur un coup de tête, mais l'étrange sentiment que cette conversation devenait à tout le moins assez curieuse.

— « Je cherche des réponses... celles qui pourraient expliquer la vie et l'univers. » – ai-je avoué, sur un ton qui mêlait poésie et ironie.

Le libraire sourit, d'un sourire discret, presque comme s'il partageait un secret.

« Ces réponses... Ils ne sont retrouvés qu'après avoir traversé le pont de la mort.

Le « pont de la mort »... J'avais déjà lu sur cet endroit curieux et ses gravures anciennes, qui se trouve à Lucerne. J'ai interprété, peut-être à tort, qu'il ne s'agissait pas d'une simple métaphore.

Alors que j'essayais de comprendre, mes yeux se sont posés sur le livre qu'il tenait.

— "Basilius Valentinus... Un alchimiste remarquable, n'est-ce pas ?

Pendant un bref instant, il a semblé déconcerté par ma phrase, mais bientôt il s'est ressaisi.

« Oui, c'est une biographie qui n'a pas encore été publiée. »

— « Et est-ce intéressant ? »

« Beaucoup. À ce stade du récit, il est sur le point de traverser la porte Saint-Michel à Bratislava.
Puis, comme s'il voulait changer de sujet, il ajouta :
— Et comment vous appelez-vous, jeune homme ?

« Miguel », ai-je répondu, sentant l'ironie dans l'air.

Il sourit, une trace de sarcasme dans la voix.

— « Coïncidence ? Ou est-ce juste une autre illusion ?

Le libraire secoua la tête, comme si tout cela n'était qu'une coïncidence, et montra du doigt les étagères pleines de vieux volumes.

« Mets-toi à l'aise, Michael. »

Je savais ce que je devais faire. Tout d'abord, traversez le Pont de la Mort. Et puis, s'il réussissait à survivre à cela, affronter la porte de São Miguel.

Chapitre 4
Le pont de la mort
V. Clavis.

Zurich, à première vue, est une ville où la modernité rencontre le charme historique en parfaite harmonie. Située sur les rives du lac de Zurich, avec les Alpes en arrière-plan, la ville allie efficacité contemporaine et beauté discrète, typique des villes suisses. Connue comme le centre financier de la Suisse et l'une des villes offrant la meilleure qualité de vie au monde, Zurich dégage un sentiment d'ordre, de prospérité et de culture raffinée, mais elle cache également une profondeur historique et culturelle qui vous invite à l'exploration.

L'Altstadt – le centre historique de la ville – est un charmant réseau de rues étroites, bordées de bâtiments médiévaux et de la Renaissance. Se promener dans ses ruelles pavées, c'est comme voyager dans le temps, chaque coin révélant une nouvelle façade colorée, un ancien point d'eau sculpté ou une petite place confortable. Les tours des églises dominent l'horizon, en particulier l'impressionnant duo de tours Grossmünster, qui domine le panorama zurichois avec son imposante architecture romane et est lié aux origines de la Réforme protestante dans la ville.

La ville est célèbre pour ses musées, comme le Kunsthaus Zürich, qui abrite l'une des plus importantes collections d'art d'Europe, allant des maîtres classiques aux maîtres contemporains. Zurich est également riche en espaces verts, avec des parcs bien entretenus et la beauté tranquille du lac, où les habitants et les visiteurs se promènent au bord de l'eau, profitant de la vue paisible et de l'air frais.

En été, les rives du lac deviennent une escapade animée, avec des gens qui nagent, naviguent ou se détendent simplement au soleil.

Outre l'aspect financier et historique, Zurich est également une ville dynamique et innovante dotée d'une scène culturelle dynamique. Les quartiers modernes, tels que Zürich-West, regorgent d'art contemporain, de bars sympas et de restaurants qui mélangent tradition suisse et influences mondiales. Ce quartier, autrefois une zone industrielle, est devenu un symbole de rénovation urbaine, avec des entrepôts transformés en galeries, clubs et espaces d'art, tandis que des ponts en acier et des structures modernes contrastent avec l'architecture plus traditionnelle de la ville.

Zurich, avec son rythme doux, équilibre l'efficacité et la richesse du monde moderne avec un profond respect de l'histoire et de la nature. C'est une ville qui se révèle petit à petit, offrant non seulement luxe et innovation, mais aussi des moments de contemplation et une beauté silencieuse qui conquiert ceux qui passent.

Mais j'étais pressé de trouver la Mort. J'ai fait un bref tour dans les principaux quartiers de Zurich, et je me suis rendu à la gare pour prendre le train pour Lucerne.

Lucerne est une ville d'une beauté luxuriante, située sur les rives du lac serein des Quatre Cantons et entourée par les montagnes des Alpes suisses, dont les sommets enneigés se reflètent dans les eaux calmes. À première vue, Lucerne ressemble à une ville tout droit sortie d'un conte de fées, avec ses paysages naturels impressionnants et ses bâtiments historiques qui semblent résister à l'épreuve du temps. Le centre historique conserve une atmosphère médiévale, avec des rues pavées et des maisons ornées de façades colorées et de peintures murales, qui racontent des histoires d'une Suisse ancienne et mystique. Mais en plus de sa beauté pastorale, Lucerne a aussi un côté sombre, notamment visible dans son emblématique pont de la chapelle, le pont de la mort, le Kapellbrücke.

Le Kapellbrücke est le plus ancien pont couvert en bois d'Europe, et le traverser est comme marcher dans un couloir du passé. Le pont, qui serpente sur la rivière Reuss avec ses poutres en bois robustes, offre une vue enchanteresse sur les eaux tumultueuses et les montagnes en arrière-plan, mais ce qui le rend vraiment unique, ce sont les gravures triangulaires énigmatiques qui ornent son intérieur. Peintes au XVIIe siècle, ces images représentent des scènes de l'histoire de Lucerne, ainsi que des thèmes religieux et, de manière notable, des représentations plutôt sombres de la Mort.

En marchant sous le couvert du pont, les figures de la Mort apparaissent sous diverses formes, entrelacées de scènes de la vie quotidienne et de dévotion. La présence de la Mort dans ces images est troublante, mais d'une beauté sinistre, rappelant aux passants qu'elle est une compagne constante de la vie, observant toujours à distance. Les gravures montrent la Mort avec sa faux, dansant avec les nobles, les prêtres et les paysans, un rappel de la fin inévitable qui attend tout le monde, quel que soit son rang ou sa richesse. Ces détails sombres, dans un cadre si pittoresque, créent un contraste fascinant entre la tranquillité extérieure de Lucerne et la conscience de la fugacité de la vie.

Chaque panneau de bois peint semble murmurer un avertissement ancien, un rappel de l'époque de la peste et de la guerre qui sévissaient autrefois en Europe, et de la façon dont la mort était une présence constante et visible dans la vie médiévale. Le pont, avec ses eaux qui se précipitent en contrebas, offre une métaphore poignante : comme la rivière, la vie s'écoule inévitablement vers sa fin, et le cours ne peut pas être changé.

Même enveloppée de beauté et de tranquillité, Lucerne a cette veine plus sombre, symbolisée par les gravures sur le pont. Cette dualité est ce qui rend la ville encore plus fascinante : l'équilibre entre la beauté naturelle des Alpes, le lac serein et la présence inéluctable de la mort, dépeinte de manière si vivante et troublante. Lucerne, avec ses tours médiévales et ses montagnes majestueuses, est une ville où le passé et le présent, le beau et l'obscur, coexistent en parfaite harmonie.

J'ai déjeuné dans l'un des beaux restaurants qui se trouvaient en face de la rivière et, de mon point de vue, un pont si majestueux.
Pendant que je mangeais, je me demandais ce que je m'attendais à trouver en traversant le pont.

Après avoir terminé mon repas, accompagné d'une excellente bière suédoise, je marchai mélancoliquement vers le train pour Zurich.

Profitant de l'occasion pour mieux connaître les petites rues étroites du centre historique de Zurich, j'ai trouvé une galerie qui se démarquait par sa modernité interne et l'historicité des ornements extérieurs du bâtiment dans lequel elle se trouvait, et j'ai décidé d'entrer.

L'art d'Alphonse Mucha n'est pas seulement synonyme d'élégance, de fluidité et de célébration exubérante de la beauté naturelle, elle est devenue l'une des icônes du mouvement Art nouveau à la fin du XIXe et au début du XXe siècle. Ses œuvres, aux lignes ondulées, aux couleurs douces et à l'ornementation détaillée, capturent un idéal de féminité, mêlant également le divin et le terrestre dans des compositions qui semblent transcender le temps.

Mucha a créé un style unique, marqué par de riches éléments décoratifs et un lyrisme visuel qui se manifeste principalement dans ses affiches, ses vitraux, ses illustrations et ses peintures. Ses images, de femmes idéalisées drapées dans des halos de lumière et d'ornements, évoquent un sentiment de mysticisme et de spiritualité, tout en servant de symboles d'une nouvelle ère industrielle et artistique.

L'une des caractéristiques les plus reconnaissables de son art va au-delà de la simple représentation féminine, mais celles-ci sont souvent avec des visages sereins et des expressions éthérées, entourés d'éléments naturels tels que des fleurs, des étoiles, des feuilles et des vignes. Ces femmes, qui sont le cœur battant de ses œuvres, ressemblent à des figures mythologiques ou à des muses, personnifiant des concepts abstraits tels que la nature, la musique et les saisons. En même temps, ils portent une sensualité subtile et pure, loin de toute vulgarité.

Mucha positionnait souvent ces figures féminines dans des poses gracieuses et enveloppait leurs corps dans des drapés rappelant les robes grecques antiques, renforçant ainsi le sentiment d'intemporalité. Ces détails décoratifs, tels que les couronnes et les formes circulaires qui entourent souvent leurs têtes comme des auréoles, renvoient à une tradition presque religieuse, comme s'il s'agissait de saints païens, ou de déesses de la modernité. Chaque ligne et chaque courbe semblent soigneusement pensées pour exprimer l'harmonie et la beauté, et c'est cette harmonie visuelle qui rend ses œuvres si instantanément reconnaissables et envoûtantes.

Le travail de Mucha est connu pour ses lignes ondulantes et ses formes organiques qui s'écoulent doucement à travers les compositions. Ces lignes serpentent à travers les images comme si elles faisaient partie de la nature elle-même, évoquant la sensation de mouvement, même chez les figures les plus statiques. Cette fluidité visuelle est au cœur du style Art nouveau, et Mucha en était l'un des maîtres incontestés.

La nature joue également un rôle crucial dans son art, mais toujours stylisée de manière décorative et symbolique. Feuilles de vigne, fleurs luxuriantes, étoiles et formes circulaires sont intégrées dans ses compositions de manière presque abstraite, créant une fusion parfaite entre la figure humaine et le monde naturel. Cette intégration suggère une vision holistique de l'univers, où l'homme et la nature sont intrinsèquement interconnectés.

Les couleurs des œuvres de Mucha sont sourdes, presque éthérées, avec une palette qui comprend souvent des pastels de bleu, de rose, d'or et de vert. Avec ces couleurs, il a réussi à créer un environnement délicat et en même temps luxueux, avec une lueur qui évoquait l'or et les pierres précieuses. Les teintes qu'il utilise sont souvent enveloppantes et donnent à ses figures un aspect lumineux, presque métaphysique.

L'ornementation de son art est un autre de ses traits les plus frappants. Chaque partie de ses compositions, des cheveux des femmes aux motifs en arrière-plan, est ornée d'un niveau de détail méticuleux, comme si chaque courbe et chaque ligne avaient été pensées comme un joyau dans une tapisserie complexe. Cette attention aux détails crée un sentiment d'opulence, mais sans exagération - il y a un équilibre entre l'ornement et le minimaliste qui donne de la légèreté à ses compositions.

Mucha est peut-être mieux connu pour ses affiches de théâtre et publicitaires, en particulier celles créées pour l'actrice Sarah Bernhardt, qui l'ont rendu célèbre à la fin du XIXe siècle. Ils étaient des œuvres d'art en soi, transformant la publicité en une forme d'art respectable. À partir de là, il a travaillé sur un large éventail de projets, des couvertures de magazines aux calendriers et aux emballages, toujours avec son propre style distinctif.

En plus de son travail commercial, Mucha s'est consacré à des œuvres plus ambitieuses, telles que le cycle slave, une série monumentale de 20 peintures qui racontent l'histoire et le mythe du peuple slave. Ces œuvres grandioses sont marquées par un sens épique, mêlant symbolisme et récit historique et spirituel.

Malgré son succès commercial, Mucha semblait croire que l'art devait servir un but plus élevé, reliant l'être humain au spirituel et à l'universel. Il considérait ses créations comme quelque chose qui devrait élever l'âme, loin de la pure matérialité du monde moderne. À bien des égards, ses œuvres sont une synthèse entre le mystique et l'ornemental, comme si chaque fleur, chaque ligne ou le visage de chaque femme contenait un secret caché sur le cosmos et la place de l'individu en son sein.

Alphonse Mucha, à travers son art, a réussi à capturer l'essence d'une époque de transition entre l'ancien et le moderne, célébrant la beauté et la nature, mais toujours avec une légèreté presque spirituelle. Son héritage n'est pas seulement visuellement enchanteur, mais profondément symbolique, laissant une marque indélébile à la fois sur le monde de l'art, la culture populaire et moi-même à cette époque.

Le contact avec l'art avait plus d'effet sur moi que les ponts de la mort et les prétendus alchimistes anciens. Mais je devais continuer mon chemin, peut-être qu'il y avait plus d'art là-bas.

Chapitre 5
Michalská Brána
VI. Clavis.

Bratislava, la capitale slovaque, est une ville qui semble avoir un charme particulier à chaque détour de ses rues étroites et historiques, avec une atmosphère à la fois érudite et profondément enracinée dans son passé médiéval. Située sur les rives du Danube, Bratislava semble être une ville qui, à première vue, se révèle de manière modeste, mais au fur et à mesure que vous explorez ses ruelles ombragées et ses monuments anciens, elle se déploie en couches d'histoire et de mysticisme. Le château de Bratislava, perché au sommet d'une colline, domine l'horizon avec ses tours blanches qui contrastent avec le ciel gris, comme un gardien solennel regardant la ville en contrebas.

Le centre historique est compact, presque comme un labyrinthe de rues pavées de pierres anciennes, flanquées de bâtiments baroques et gothiques qui ont été témoins de siècles d'invasions, de couronnements et de révolutions. En vous promenant dans ses rues, vous avez un sentiment constant du passé, comme si les pierres sous vos pieds portaient encore le poids des légions romaines qui passaient, des rois hongrois qui étaient couronnés dans leurs églises et des fantômes d'une Europe centrale marquée par des empires qui s'élevaient et tombaient.

La cathédrale Saint-Martin, où de nombreux rois de Hongrie ont été couronnés, se dresse imposante, avec sa haute tour qui semble percer le ciel. Pendant des siècles, cette cathédrale a été le cœur spirituel de la ville, et lorsque vous franchissez ses portes, l'air semble changer - il devient plus dense, plus calme, comme si vous vous éloigniez du monde moderne et que vous entriez dans une dimension de la foi et de l'histoire. Les vitraux projettent des lumières colorées qui dansent sur les murs de pierre froide, et l'odeur de l'encens persiste encore, évoquant des souvenirs d'anciennes cérémonies et de secrets chuchotés.

Bratislava est une ville de contrastes. Le moderne et l'ancien se rencontrent dans une danse particulière, où les gratte-ciel de verre et d'acier apparaissent à côté des bâtiments de la Renaissance, mais toujours avec le poids du passé dominant l'environnement. La porte Saint-Michel, la seule porte médiévale restante de la ville, est une entrée symbolique vers une autre époque, et lorsque vous la traversez, c'est comme si vous franchissiez un portail vers une ancienne Bratislava, où les légendes et les histoires se mêlent à la réalité.

Le Danube, qui serpente paresseusement le long de la ville, offre une présence constante et silencieuse. Ses eaux sombres reflètent les lumières de la ville la nuit, créant un paysage presque onirique, où les ombres des bâtiments historiques et modernes se fondent dans le courant. Le long de ses rives, il y a un silence pesant, interrompu seulement par le bruit lointain d'un bateau fendant les eaux ou le murmure des feuilles des arbres, comme si le fleuve contenait les histoires inédites de Bratislava.

La nuit, la ville prend une aura encore plus mystérieuse. Les rues étroites sont presque désertes, et les ruelles lugubres, éclairées seulement par la douce lumière des lanternes, prennent une qualité presque spectrale. Le château de

Bratislava, qui le jour ressemble à une attraction touristique, se transforme la nuit en une figure fantomatique, avec ses tours plongées dans l'obscurité et les lumières lointaines de la ville projettent des ombres sur les collines environnantes. Il est facile d'imaginer que les anciennes pierres du château portent encore des échos des complots et des batailles qui s'y sont déroulés, comme si le passé n'avait jamais vraiment disparu.

Bratislava est aussi une ville où le folklore et le mysticisme sont profondément enracinés. Des histoires de créatures surnaturelles, d'anciens rois et de sorciers, sont encore chuchotées par les anciens habitants. On dit que certaines rues et places sont hantées par des esprits agités, et les bâtiments historiques, avec leurs fenêtres étroites et leurs façades décrépites, semblent abriter des ombres qui restent intactes pendant des siècles. Il y a quelque chose de sombre et en même temps de fascinant dans la façon dont la ville embrasse son histoire et ses mythes.

L'église bleue, à l'architecture presque surnaturelle, se distingue parmi les bâtiments austères par ses couleurs douces et ses lignes courbes, comme si elle avait émergé d'un autre monde. Mais même elle, avec toute son apparence gracieuse, semble recèler des secrets d'antan, reflétant l'esprit même de Bratislava : une ville à la fois belle et mystérieuse, avec une histoire qui se déroule en couches, révélant de nouveaux détails à chaque regard de plus près.

Bratislava ne révèle pas facilement ses secrets, mais ceux qui se promènent dans ses rues avec des yeux attentifs et le cœur ouvert ressentiront le poids de l'histoire, la profondeur de sa culture et les échos des époques révolues qui résonnent encore sur ses pierres anciennes.

La porte de Saint-Michel et sa tour, Michalská Brána, est l'une des structures les plus emblématiques et les plus anciennes de la ville, et porte une aura mystique qui remonte au Moyen Âge. C'est la seule des portes fortifiées d'origine qui a survécu au temps, gardant les secrets d'une Bratislava médiévale, pleine de légendes et de mystères cachés. Avec sa tour gothique qui domine la ville, elle se sent comme un gardien silencieux de l'histoire, reliant le présent au passé profond et ésotérique.

Construite au XIVe siècle, la tour Saint-Michel était autrefois un élément essentiel des fortifications défensives de Bratislava, érigées pour protéger la ville des invasions et contrôler l'accès à travers les murs. Aujourd'hui, d'une cinquantaine de mètres de haut, la tour offre une vue impressionnante sur les toits de la vieille ville et du Danube, un spectacle qui, pour certains, symbolise non seulement la maîtrise physique mais aussi le lien spirituel entre la terre et le ciel.

En franchissant la porte, il y a un sentiment de transition : celui de laisser derrière soi le monde moderne et de s'immerger dans une Bratislava médiévale. Le passage ombragé sous l'arche de la porte est étroit et chargé d'histoire. Des murmures de vieilles histoires semblent flotter dans l'air, comme si les fantômes d'autrefois se promenaient encore.

Le sommet de la tour est couronné par une sculpture de saint Michel, l'archange qui, dans la tradition chrétienne, mène les armées célestes contre les forces des ténèbres. La présence de saint Michel, souvent représenté comme le protecteur contre le mal et le défenseur de la lumière, donne à la tour une aura symbolique de protection spirituelle. On dit que saint Michel a été choisi non seulement pour garder l'entrée physique de la ville, mais aussi pour veiller sur les énergies spirituelles, repoussant les mauvaises influences qui pouvaient entrer dans Bratislava.

À l'intérieur de la tour, il y a maintenant un petit musée qui présente l'histoire des anciennes fortifications de la ville. Cependant, il y a ceux qui croient que des secrets plus profonds se cachent entre les murs de la structure. Il existe des légendes selon lesquelles la tour était autrefois utilisée par des alchimistes et des érudits occultes, qui auraient effectué des expériences mystiques aux niveaux supérieurs du bâtiment, cherchant à comprendre les secrets de la transmutation des métaux et de l'ascension spirituelle.

Un autre aspect mystique de la tour est lié à la borne kilométrique zéro, située directement sous l'arche. Ce point marque les distances par rapport aux différentes capitales du monde, mais pour les plus ésotériques, il est considéré comme un centre énergétique, un point de convergence des lignes d'énergie qui traversent la terre. Certains pensent que la tour est stratégiquement positionnée au-dessus de l'une de ces « lignes électriques », reliant Bratislava à un réseau caché de sites spirituels et puissants à travers l'Europe.

Pendant la nuit, en particulier lors de la pleine lune ou des nuits brumeuses, la tour de São Miguel acquiert une atmosphère encore plus mystique et presque surnaturelle. La faible lumière émanant de la tour semble être absorbée par les ombres environnantes, et les rues anciennes qui l'entourent sont enveloppées d'un profond silence, comme si elles attendaient un événement magique ou spectral. Les habitants chuchotent à propos des fantômes de chevaliers médiévaux qui sont censés garder la porte, apparaissant de temps en temps pour protéger la ville contre des forces invisibles.

La tour Saint-Michel, avec ses histoires de défense, d'alchimie et de protection spirituelle, est un point de fascination pour ceux qui recherchent le mysticisme occulte de Bratislava. Plus qu'une simple porte historique, c'est un symbole de la ville antique - un gardien des mystères, des énergies secrètes et des légendes qui continuent d'enchevêtrer cette ville fascinante.

Mais rien de plus. J'y étais arrivé sans m'attendre à trouver un parchemin caché à l'intérieur de la Tour qui avait les moyens de produire la pierre philosophale.

Décidez de vous promener dans ce petit et charmant centre de Bratislava, jusqu'à ce que vous remarquiez un mouvement étrange, et trouvez un bar littéralement secret, dans une entrée secrète.

Ce bar semblait tout droit sorti des pages d'un roman policier, avec une atmosphère engageante et séduisante. Caché dans l'une des rues étroites du centre historique, derrière une façade ordinaire et presque imperceptible, ce lieu est un véritable sanctuaire de l'interdit et de l'énigmatique, où l'expérience d'entrer est aussi excitante que celle de boire l'un des cocktails artistiques et innovants que le lieu offre.

Il n'y a pas d'enseignes tape-à-l'œil ou de grandes publicités ; Trouver le bar faisait en soi partie de l'aventure. Pour accéder au bar, vous devez passer par une porte déguisée ou, dans certains cas, suivre des indices subtils qui peuvent être découverts par ceux qui connaissent les anciennes rues de Bratislava. Ce mystère autour du lieu fait grandir l'attente à chaque pas, et lorsque vous entrez dans l'espace, vous êtes confronté à un environnement intime, décoré avec un air vintage et luxueux qui fait référence à l'époque des bars clandestins de l'époque de la prohibition.

L'intérieur est un véritable bijou caché : murs sombres, éclairage tamisé et tamisé, et mobilier en cuir qui invite à la détente.

Les bougies illuminent discrètement l'environnement, créant des ombres qui semblent cacher d'anciens secrets. Il y a quelque chose de presque mystique dans l'air, comme si l'endroit était imprégné d'histoires de rencontres furtives et de conversations secrètes. Les barmans, élégamment vêtus, sont de véritables alchimistes modernes, qui créent des cocktails qui ressemblent plus à des potions magiques.

Le menu était un univers à part. Ici, vous ne trouverez pas seulement des boissons ; Chaque cocktail est soigneusement préparé avec une combinaison unique d'ingrédients rares et exotiques, souvent inspirés de traditions et de saveurs ésotériques.

Il existe de mystérieuses concoctions à base de plantes, des liqueurs vieillies et des spiritueux artisanaux, dont beaucoup portent des noms énigmatiques et des références à l'histoire ou à la mythologie slovaque et européenne. La présentation des boissons est aussi une expérience sensorielle : verres en cristal, fumée enveloppante, glace sculptée à la main - chaque détail est conçu pour vous transporter dans une autre dimension.

Il ne s'agissait pas seulement d'un bar, mais d'un lieu de rencontres secrètes et d'échanges de regards complices, où se déroulent des conversations près de l'oreille sur fond de musique douce, qui complète l'aura d'exclusivité. Beaucoup disent que c'est un endroit parfait pour ceux qui recherchent non seulement une soirée différente, mais aussi pour ceux qui veulent explorer le côté le plus mystérieux et secret de Bratislava.

Que ce soit pour ceux qui aiment le mysticisme du passé ou pour ceux qui veulent simplement se perdre dans une soirée magique avec des cocktails magiques, ce fut une expérience inoubliable, pleine de charme caché et d'un sens de la découverte, comme s'ils avaient trouvé un secret que peu osaient dévoiler.

Et alors que je m'asseyais là, que je découvrais cet environnement, que je goûtais ma boisson et que j'écoutais la musique, j'ai ressenti le doux poids de ce que ce serait d'*exister vraiment*. Sans la hâte qui m'emprisonnait autrefois, ou sans que les attentes des autres, et les miennes, façonnent chaque pas. Maintenant, le temps semble plus malléable, presque comme si je pouvais le toucher et le façonner à ma *guise*. Chaque moment est un peu plus dense, avec plus de sens, comme si chaque expérience était destinée à être savourée, et non pas simplement vécue par obligation.

La première gorgée de cette boisson, froide et aromatique, a le goût d'une révélation. Ce n'était pas seulement un verre, mais un rituel tranquille de connexion avec moi-même. La brise de la fenêtre qui porte le parfum des arbres me semble être un murmure ancien, comme si le monde essayait de raconter des secrets que je suis seulement prêt à entendre.

Les choses que j'aime, qui étaient autrefois des indulgences furtives, sont maintenant des célébrations d'une vie que je mets enfin un point d'honneur à vivre. Lisez un livre tard dans la nuit, sans vous soucier de l'aube. Marcher sans but, profiter de la façon dont la lumière du soleil se répand dans les rues, les rendant plus belles d'une manière que je n'avais jamais vue auparavant. Il est curieux de voir comment ce qui était autrefois banal porte maintenant une aura de mystère, mais sans avoir besoin d'être expliqué. La beauté était toujours là, attendant que je la perçoive, mais mon âme n'était pas éveillée.

J'ai toujours été entourée de détails qui m'échappaient auparavant. La texture du vieux plancher de bois et ses pas grinçants, l'écho de la musique qui joue dans le bar, les conversations chuchotées d'inconnus qui passent à côté de moi comme s'ils étaient des ombres. Ce ne sont pas seulement des événements, mais des fragments de quelque chose de plus grand, une mosaïque que je commence à peine à comprendre. Vivre, alors, est-ce cela ? Reconnaissez que la vie n'est pas le grand événement auquel nous

nous attendions, mais plutôt une série de moments étroitement liés, aussi petits qu'essentiels.

Il y a une certaine liberté à s'autoriser enfin à apprécier. Savoir que le simple fait d'être présent, de prendre une profonde respiration et d'observer le monde qui vous entoure, suffit.

Et c'est là, je l'ai réalisé à ce moment-là, la vraie richesse de la vie. Il ne s'agit pas de réalisations ou d'objectifs inatteignables, mais de vous permettre de vous immerger dans les petites choses qui font battre votre cœur de curiosité et de satisfaction.

Pour la première fois, j'ai senti que j'étais là où je devais être : la vie pouvait être belle.

Chapitre 6
La Tarta de Queso
VII. Clavis.

Mon vol de retour à Lisbonne avait été annulé. Définitivement. Mes alternatives étaient d'aller à Madrid pour une escale d'une journée, ou une escale de deux jours à Bilbao.

Bilbao, au cœur du Pays Basque, est une ville qui ne cesse de se réinventer, où le passé industriel rencontre l'innovation culturelle dans un vibrant mélange de tradition et de modernité. Nichée dans la vallée du fleuve Nervión, entourée de montagnes verdoyantes et proche de l'Atlantique, Bilbao dégage une énergie unique, marquée par la coexistence harmonieuse entre l'architecture futuriste et les quartiers historiques pleins de charme.

Le symbole le plus emblématique de cette transformation est le musée Guggenheim, une magnifique structure de titane, de verre et de pierre, conçue par Frank Gehry, qui semble couler comme une sculpture vivante au bord de la rivière.

Non seulement ce musée a placé Bilbao sur la carte mondiale de l'art contemporain, mais c'est aussi un point de repère de la reprise urbaine de la ville, qui est passée d'un centre industriel en déclin à une métropole culturellement palpitante. Les courbes et les angles du Guggenheim reflètent l'audace de la ville à se réinventer, avec ses surfaces métalliques scintillant au soleil et créant un fascinant jeu d'ombre et de lumière. De plus, les Basques ont l'une des langues les plus enchanteresses et mystérieuses de toute l'histoire. La connaissance de cette culture et de cette particularité linguistique vaudrait à elle seule les visites dans le pays.

Cependant, le cœur de Bilbao reste enraciné dans le Casco Viejo, le vieux quartier, avec ses sept rues étroites, connues sous le nom de « Las Siete Calles », datant du Moyen Âge. Ce labyrinthe de ruelles pavées est bordé de cafés confortables, de bars à pintxos et de boutiques traditionnelles, où le passé basque vit encore dans les façades colorées et les églises gothiques comme la cathédrale de Santiago. En se promenant dans ces rues, il est facile de se perdre dans le temps, d'admirer l'architecture séculaire et de respirer l'esprit authentique et accueillant de la ville.

Au Moyen Âge, Bilbao, ainsi que d'autres villes sur la route commerciale maritime, ont attiré des voyageurs de toute la Méditerranée, et avec eux sont venues non seulement des richesses mais aussi des idées et des pratiques ésotériques. La ville, avec son emplacement stratégique, est devenue un lieu de rencontre pour les alchimistes et les érudits occultes qui cherchaient à percer les secrets de la transmutation des métaux et de la création de la pierre philosophale.

Il existe des documents selon lesquels des nobles et des marchands de Bilbao parrainaient des alchimistes, qui travaillaient dans des laboratoires cachés au plus profond des manoirs de la ville. Certaines de ces maisons, dans le Casco Viejo (le centre historique), ont des symboles ésotériques discrètement incorporés dans leurs façades, tels que des gravures de serpents, de triangles et de formes géométriques qui font référence à une symbologie hermétique.

Beaucoup pensent que ces symboles ont été placés là par des francs-maçons ou des alchimistes, et qu'il y a des significations cachées dans l'organisation même des rues anciennes, qui suivent des motifs géométriques liés à la géométrie sacrée.

Les ponts qui traversent le fleuve Nervión sont les témoins de l'évolution de Bilbao, reliant non seulement les rives de la ville, mais symbolisant également l'union entre l'ancien et le nouveau. Le Puente Zubizuri, une création futuriste de Santiago Calatrava, avec sa forme curviligne et sa structure en verre, est l'un des plus impressionnants, contrastant avec les ponts historiques qui rappellent le passé industriel de la ville. Chacun d'entre eux semble raconter une histoire, marquant le flux continu de changement et d'adaptation qui définit Bilbao.

La ville est également un paradis pour les gourmets, avec ses bars à pintxos disséminés à chaque coin de rue, servant de petits chefs-d'œuvre culinaires qui transforment des ingrédients simples en quelque chose d'extraordinaire. Le Mercado de La Ribera, l'une des plus grandes foires intérieures d'Europe, est l'endroit idéal pour découvrir les saveurs authentiques de la région, avec ses stands vibrants remplis de fruits de mer frais, de saucisses basques et de fromages locaux. La cuisine de Bilbao, à l'image de la ville, est une fusion de traditions locales avec des touches modernes et innovantes.

Bilbao est aussi une ville qui bouge au rythme de la culture basque. La langue et l'identité basques sont toujours présentes, de la signalisation bilingue aux festivités locales.

L'Aste Nagusia, l'une des fêtes les plus importantes, transforme la ville avec de la musique, de la danse et des événements traditionnels qui révèlent la fierté et la passion du peuple basque. En même temps, Bilbao est cosmopolite, ouverte sur le monde, avec une scène artistique et culturelle dynamique qui attire des gens de tous les coins.

Entourée de collines et de montagnes, Bilbao offre également un accès facile à la nature. Il n'est pas rare de voir les habitants se promener le long des sentiers verdoyants qui entourent la ville, ou descendre sur les plages du golfe de Gascogne pour surfer et se détendre au son des vagues de l'Atlantique.

Bilbao est une ville en perpétuel mouvement, qui respecte son passé, mais regarde l'avenir avec audace et créativité. Une métropole qui a su se réinventer sans perdre son âme, où chaque recoin révèle une nouvelle rencontre entre tradition et modernité, entre l'urbain et le naturel. C'est cette dualité – la fierté de ses racines et le désir incessant de se projeter dans l'avenir – qui fait de Bilbao un lieu vraiment fascinant.

Mais, plus fascinant que les mystères et les beautés uniques de cette ville, ou les plaisirs indélébiles que pouvaient apporter les vins les plus variés et les bons vins de la région et les pintxos artisanaux, il y avait une chose qui m'avait vraiment fait tomber amoureux.

Alors que j'étais dans l'un de ces restaurants, j'ai remarqué que je laissais toujours, presque sous la forme d'une chaîne de production, des morceaux d'une tarte qui me semblaient assez particuliers.

La tarta basque queso, également connue sous le nom de tarte au fromage brûlé, est l'un des desserts les plus emblématiques et les plus envoûtants du Pays basque, célèbre pour son extérieur caramélisé et sa saveur étonnamment crémeuse. Simple au premier abord, cette tarte cache une richesse de textures et de saveurs qui se dévoilent à chaque bouchée, alliant la rusticité de la cuisine basque à une sophistication presque magique.

Lorsque vous regardez la tarte au fromage, la première chose qui attire votre attention est sa croûte sombre et brûlée, résultat de la température élevée du four, qui crée une couche caramélisée et dorée, avec une touche légèrement amère qui contraste parfaitement avec la douceur et l'onctuosité de l'intérieur.

Cet aspect presque accidentel et imparfait, avec des bords déchiquetés et des fissures qui émergent naturellement pendant la cuisson, ne fait qu'ajouter à son attrait visuel, évoquant quelque chose de rustique et d'authentique, comme s'il sortait tout droit d'une cuisine basque traditionnelle.

Mais c'est à l'intérieur que la magie opère vraiment. Lorsque vous coupez la première tranche, le fromage fond lentement, révélant une texture soyeuse, presque liquide au centre. La tarte semble se confondre avec le plat, et la première bouchée apporte une saveur profonde et enveloppante : un riche mélange de fromage à la crème, avec une légère acidité et une pointe de vanille.

Le contraste entre l'extérieur brûlé et le garnissage lisse crée une expérience sensorielle unique, le croquant de la couche extérieure cédant la place à la douceur et à la légèreté de l'intérieur.

Le secret de cette tarte réside dans les ingrédients simples - fromage à la crème, œufs, sucre et crème - qui, ensemble, se transforment en quelque chose de sublime grâce à la chaleur intense du four. Cuite traditionnellement sans base de pâte, la tarta est un parfait exemple de la façon dont la cuisine basque valorise la pureté des saveurs et la simplicité des processus. La température élevée caramélise non seulement le dessus, mais cuit également la tarte de manière inégale, créant les différentes textures qui sont la marque de fabrique de cette épice.

Servie tiède ou froide, la tarte au fromage basque n'a pas besoin d'accompagnements compliqués. Sa beauté réside dans sa simplicité. Cependant, dans certaines variantes, il peut être accompagné de fruits rouges ou d'un sirop de fruits léger, qui complètent la saveur délicate du fromage sans éclipser son essence.

La première bouchée révèle le contraste parfait : la douce amertume de la couche supérieure et la douceur crémeuse du centre. C'est un dessert qui semble enveloppé d'un manteau de mystère culinaire, qui impressionne par la profondeur de ses saveurs, malgré son apparence sans prétention.

Pendant deux jours, je me suis livré à tous ces plaisirs et à tous ces péchés de Bilbao. J'ai savouré cette cuisine magnifique et ses vins spéciaux.

S'il y a jamais eu une quête métaphysique au cours de mon existence, je ne m'en souvenais plus.

C'était bien jusqu'à ce que je buve un peu plus d'une demi-bouteille d'une très bonne liqueur de pistache.

La première sensation d'intoxication est à peine perceptible – une chaleur subtile qui se répand dans tout le corps, comme si le sang était légèrement réchauffé de l'intérieur, glissant dans les veines à un rythme anormal. Le monde qui l'entoure semble vibrer d'une manière étrange, comme si l'air devenait plus épais, étouffé, et que chaque son était enveloppé d'une couche d'écho lointaine. Les doigts, autrefois agiles, s'alourdissent maintenant, comme s'ils avaient été recouverts de plomb, tandis que la peau commence à picoter d'un frisson involontaire, signal d'alarme silencieux que le corps envoie, trop tard.

Les pensées, une fois claires, deviennent denses, enveloppées d'un brouillard qui s'épaissit à chaque respiration. La langue bouge lourdement dans la bouche, et les mots s'emmêlent avant même d'atteindre les lèvres. Il y a un goût métallique, presque sucré et amer à la fois, qui commence à envahir la bouche, se répandant comme du poison. Les paupières sont de plus en plus lourdes, et même le simple fait de garder les yeux ouverts devient une lutte silencieuse contre l'obscurité qui approche.

Puis, la chaleur se transforme en une sensation d'étouffement, comme si l'air ambiant était lentement volé, goutte à goutte. La respiration, qui était automatique, est maintenant ressentie comme un effort conscient, un ordre lointain que le corps ignore. La poitrine est lourde, et le cœur, une fois fort et rythmé, se met à battre de manière erratique, battant trop vite, puis ralentissant, comme un tambour qui tombe en panne. Une sueur froide coule sur son front, ses mains tremblent, et il y a un moment où le corps semble flotter entre deux mondes, oscillant entre la lucidité et l'abîme de l'inconscience.

Les couleurs environnantes commencent à se déformer, à se fragmenter en tons qui n'ont aucun sens, comme si l'espace se désintégrait lentement. Les murs semblent se courber vers l'intérieur, et les visages – s'il y a des visages à proximité – deviennent des flous lointains, des formes sans définition. Le son autour de lui commence à s'estomper, devenant un bruit sourd et lointain, jusqu'à ce que tout se transforme en silence. Un silence profond qui résonne dans le vide de l'esprit.

Le vertige prend le dessus. Le sol semble céder sous les pieds, mais il n'y a pas de chute, juste un vide, une sensation de flotter dans un espace intemporel. Le corps, désormais insensible, ne répond plus aux commandes. Le cœur ralentit une fois de plus, pulsant à un rythme irrégulier, chaque battement résonnant dans la tête comme un tambour lent. La vision commence à s'estomper en cercles, s'assombrissant sur les bords, jusqu'à ce qu'il ne reste que des ombres, et finalement même plus cela.

Dans le dernier moment avant de succomber, il y a un calme étrange, comme si l'esprit se rendait. La peur se dissipe, et il ne reste que l'obscurité, un néant profond et absolu, où le corps ne ressent pas, et où la pensée cesse. La dernière étincelle de conscience est un murmure, éteint, noyé dans un voile de silence. La chute est lente mais inexorable, jusqu'à ce que l'obscurité devienne tout, et que le monde se dissolve dans l'oubli sans retour.

Ma dernière expérience transcendantale a été la Tarta de Queso. « Est-ce que ça valait le coup ? » – j'ai pensé – « Probablement oui » – j'ai répondu à haute voix.

Je crois qu'il délirait, parce que, bien qu'il s'évanouisse toujours, il se souvenait des gravures de la mort sur le pont de Lucerne. « Est-ce maintenant que je traverse le Pont de la Mort ? »

Depuis que je suis enfant, je savais que j'avais une sorte d'allergie aux noix et aux châtaignes.

L'inconfort gastrique typique après avoir mangé, de brèves difficultés respiratoires, une sensation de nausée et de nausée, m'ont fait rester à l'écart de ces épices typiques des saisons de Noël dès mon plus jeune âge.

Mais cela ne s'était jamais produit avec les pistaches. Peut-être n'avais-je pas encore mangé la quantité nécessaire pour provoquer une réaction, ou bu la bonne quantité d'une liqueur qui en était faite jusqu'à ce que je doive être hospitalisé pour auto-empoisonnement.

Je me souviens de l'une des premières fois de ma vie où j'ai eu la sensation typique d'allergie. C'était l'une des nuits avant Noël.

Dans la maison, il y avait un arbre de Noël rempli de ces lumières qui brillent et qui ravissent n'importe quel enfant.
J'étais fasciné. J'ai regardé attentivement les couleurs vibrantes et j'ai essayé de voir comment, à partir de ce petit fil relié à un trou dans le mur, je pouvais passer toutes ces couleurs si vibrantes et intenses.

Je voulais aussi ces couleurs pour moi-même. J'ai donc retiré un peu le connecteur de la prise et j'y ai mis mon doigt. Ce n'était pas agréable du tout.

Je me suis réveillé en début de soirée le lendemain. Une infirmière très gentille m'a dit ce qui s'était passé, dans quel hôpital j'étais, m'a expliqué la quantité de médicaments que j'avais pris et la procédure profondément désagréable que j'avais dû subir.

Il sentait qu'il était vraiment revenu d'entre les morts. En fait, je me sentais encore plus mort que vif, mais je savais que j'étais vivant par la quantité et l'intensité des mauvaises sensations que je ressentais dans mon corps, dans ma tête et peut-être même dans mon esprit.

Et tout ce que je voulais, c'était rentrer chez moi.

Chapitre 7
Le Pendu
VIII. Clavis.

De retour à Lisbonne, je me sentais encore très mal, j'avais des douleurs indicibles à des endroits de mon corps dont je ne me souvenais même pas d'avoir eu. La sensation constante de nausée et la possibilité de vomir étaient plus présentes chez moi que la figure de la Mort dans les gravures du Pont avec ses patients atteints de la peste. S'il y avait un purgatoire, c'était le mien.

Même des semaines après l'événement, j'avais encore constamment la nausée, et ce jour-là, trop pour rester à la maison ; et même avec quelques difficultés à marcher devant rester assis tout le temps, j'ai décidé d'aller à la Praça do Comércio et de là marcher jusqu'à Rossio.

L'église de São Domingos, également connue sous le nom d'église Rossio, dégage une aura sombre et mystérieuse qui la distingue de tous les autres temples de la ville. En franchissant ses portes, vous sentez immédiatement qu'il ne s'agit pas d'un lieu d'une beauté immaculée, mais de profondes cicatrices, à la fois physiques et spirituelles. La première impression est que l'église, autrefois majestueuse, a été le témoin silencieux d'un cataclysme qui a marqué à jamais son existence.

Les marques de l'incendie de 1959 dominent encore l'intérieur, créant un scénario de désolation figé dans le temps. Les colonnes épaisses, sombres et roussies qui soutiennent le plafond voûté ressemblent aux os calcinés d'une structure vivante qui a résisté à la dévastation. Elles ne sont pas lisses et parfaites comme dans d'autres églises baroques – elles sont déformées, avec des fissures qui serpentent leurs surfaces, comme si la chaleur avait essayé de les plier. Leurs teintes rougeâtres et noires évoquent quelque chose de primitif, comme s'ils s'étaient forgés dans les profondeurs de la terre, évoquant une image de feu et de destruction.

En plus de son histoire de destruction par le feu, l'église Saint-Dominique a été le théâtre d'autres épisodes sombres de l'histoire de Lisbonne, notamment les horribles massacres de Juifs en 1506, où des milliers de personnes ont été tuées dans les rues autour de l'église. Cette charge historique se reflète dans l'atmosphère lourde et contemplative du lieu, un espace où la foi et le deuil coexistent, créant une énergie qui semble transcender le présent.

Le plafond est bas, lourd, comme une présence oppressante qui semble s'abattre sur les visiteurs, tandis que les restes des voûtes sont marqués par le temps et le feu, avec des parties de la pierre brisées et affaiblies par la chaleur. Il y a une sensation de lourdeur dans l'air, presque comme si le lieu était imprégné d'une force invisible qui retient le regard et maintient les visiteurs dans un état d'émerveillement silencieux. Le silence ici est différent, ce n'est pas seulement l'absence de son, mais un lourd silence, comme si chaque mur et chaque colonne résonnaient encore des cris étouffés du feu qui les consumait.

Les murs, autrefois tapissés de décorations baroques vibrantes, portent maintenant de profondes cicatrices. Le ton noir des surfaces brûlées lui donne un aspect presque lugubre, où la lumière du soleil qui passe à travers les vitraux semble timide, filtrant comme un spectre, créant des ombres déformées qui dansent le long des murs. Cette faible lumière intensifie l'atmosphère de mystère, faisant apparaître et disparaître les détails de l'église dans la pénombre, comme si le passé essayait encore de sortir de l'obscurité.

Le sol en pierre froide semble être imprégné d'histoires cachées. Chaque pas résonne dans la nef centrale, se répercutant sur les murs comme des murmures des temps anciens. La sensation de s'y promener est fantomatique — un étrange mélange de présence et d'absence. Le visiteur n'a de cesse de se remémorer les tragédies qui ont marqué ce lieu, que ce soit par l'incendie destructeur ou par les événements sanglants de l'histoire, comme les massacres de Juifs en 1506, dont les échos semblent encore résonner dans les pierres usées.

Sur l'autel, au milieu de la destruction, il y a un contraste saisissant : des statues dorées et brillantes, presque intactes, regardent solennellement l'espace dévasté, offrant une vision d'espoir ou peut-être de résignation. L'or brille d'une lumière qui semble déplacée, comme s'il n'appartenait plus à ce cadre lugubre, mais insistait pour rester comme un dernier vestige de lumière divine dans un lieu où les ombres dominent.

Les chapelles latérales, petites et discrètes, ressemblent à des niches de dévotion secrète. Certaines images de saints, sales de temps et de fumée, regardent les yeux vides, témoins de prières silencieuses qui résonnent dans l'environnement. Les bougies scintillent d'une lumière tamisée, presque insignifiante face à l'immensité sombre qui les entoure. L'odeur de la cire fondante et l'humidité froide de l'espace ajoutent à l'atmosphère de mélancolie et d'introspection.

Les visiteurs sont souvent saisis d'un sentiment d'inconfort subtil, comme si l'espace exigeait un respect différent – plus profond, presque plus sombre. Ici, ce n'est pas la gloire divine qui brille, mais la résistance face à la destruction. L'église Saint-Dominique est, d'une certaine manière, un lieu de pénitence éternelle, où la beauté du passé a été consumée et remplacée par un rappel brut de la mortalité et de la force inexorable du temps.

Il ne s'agit pas d'un espace de rédemption facile ou de réconfort immédiat. C'est un lieu de réflexion sur la fragilité de la vie, où coexistent la foi et la douleur, où le sacré et le profane s'entremêlent dans les ombres sombres et les cicatrices de pierre qui ne semblent jamais guérir.

La tragédie connue sous le nom de massacre de Lisbonne de 1506, également appelée massacre de São Domingos, est l'un des événements les plus sombres de l'histoire du Portugal. Elle s'est déroulée sur trois jours en avril 1506 et a été marquée par le massacre de milliers de Juifs convertis au christianisme – les soi-disant Nouveaux Chrétiens – dans les environs et à l'intérieur de l'église de São Domingos elle-même, près de Rossio, à Lisbonne. L'événement était motivé par le fanatisme religieux, l'intolérance et les tensions sociales et économiques de l'époque.

À la fin du XVe siècle, le Portugal, comme beaucoup d'autres pays européens, connaissait une période de grande intolérance religieuse. En 1497, le roi Manuel Ier promulgua un décret ordonnant la conversion forcée des Juifs au christianisme, interdisant la pratique du judaïsme dans le royaume. Ceux qui refusaient la conversion devaient fuir ou faire face à la mort. Les Juifs qui se sont convertis au christianisme ont été appelés Nouveaux Chrétiens, mais beaucoup ont gardé leurs pratiques religieuses juives secrètes. Bien qu'officiellement chrétiens, ces nouveaux chrétiens étaient souvent soupçonnés de pratiquer le judaïsme en secret, et par conséquent, ils étaient constamment la cible de discrimination et de persécution de la part de la « vieille » population chrétienne.

En 1506, Lisbonne était confrontée à une crise sociale et économique majeure, aggravée par une grave sécheresse et une épidémie de peste. Il y avait un climat de désespoir et de peur, et la croyance en les châtiments divins s'est intensifiée. Les tensions religieuses et l'insatisfaction populaire face à la présence des nouveaux chrétiens, considérés comme des « hérétiques » et coupables de nombreux maux, étaient à leur apogée.

Le massacre a été déclenché par un incident apparemment insignifiant à l'intérieur de l'église Saint-Dominique. Au cours d'une messe le 19 avril 1506, une procession de fidèles se rassembla pour prier pour la pluie, demandant un miracle qui mettrait fin à la sécheresse. À un moment donné, un rayon de lumière est entré dans l'église et a illuminé le crucifix, que beaucoup de personnes présentes ont interprété comme un signe divin. Cependant, un nouveau chrétien qui était dans l'église a exprimé des doutes sur le miracle, suggérant que la lumière n'était qu'un effet naturel du soleil.

Ce commentaire a enflammé la foule. Indignés, les personnes présentes ont commencé à frapper l'homme, l'accusant de blasphème. La violence s'est rapidement intensifiée, avec le soutien de deux frères dominicains qui ont incité la foule à persécuter tous les nouveaux chrétiens de la ville, les accusant d'être responsables des malheurs qui ont affligé Lisbonne. Ils promettaient des indulgences à quiconque aiderait à tuer les « hérétiques ». À partir de ce moment, la violence s'est répandue dans les rues de Lisbonne et le massacre a pris des proportions brutales.

Pendant trois jours, une foule en colère a parcouru les rues de Lisbonne, attaquant, torturant et tuant les nouveaux chrétiens. Beaucoup ont été traînés hors de chez eux, battus à mort, brûlés vifs ou lynchés dans la rue. La place Rossio est devenue l'un des principaux sites de carnage, où des tas de corps ont été brûlés dans des feux de joie, et l'église de São Domingos a servi de théâtre d'atrocités. Des témoins de l'époque ont rapporté des scènes d'une brutalité extrême, avec des hommes, des femmes et des enfants tués sans pitié.

On estime qu'entre 2 000 et 4 000 personnes ont été assassinées au cours de ces trois jours de violence. La fureur aveugle de la foule et la complicité d'une partie du clergé et de la population aggravèrent l'intensité de la barbarie. Les maisons des nouveaux chrétiens ont été saccagées, leurs biens ont été volés et beaucoup de ceux qui ont tenté de fuir ont été chassés comme des animaux.

Aujourd'hui, un simple mémorial sur la façade de l'église commémore le massacre de 1506. Le mémorial se compose d'une petite plaque avec l'inscription : « En mémoire des victimes de l'intolérance et du fanatisme religieux. Lisbonne, avril 1506. L'intérieur de l'église, avec ses cicatrices d'incendie et de destruction, semble exprimer de manière sombre la souffrance de tant de vies perdues et la tragédie d'une haine aveugle qui a marqué l'histoire de la ville.

Et c'est dans cet environnement que je me suis retrouvé. Assis dans cette vieille et sombre église, sans espoir, avec mes réserves économiques qui s'effriment et la mélancolie qui règne dans mon être.

Je n'avais plus d'indices voilés et de chemins cachés à suivre, mais j'avais réalisé une chose très importante : je n'avais plus d'endroit où retourner.

Chapitre 8
La Lune
IX. Clavis.

Plusieurs jours plus tard... Je me suis réveillé dans un rêve. La conscience était floue, comme si j'étais submergée dans des eaux sombres et épaisses, mais en même temps, tout ce qui m'entourait brillait d'une lumière diffuse et oppressante. Une ville avec sept collines qui s'étendaient devant moi, immense, majestueuse et étrangement décadente. C'était une vision ancienne, une ville qui semblait exister en dehors du temps, mais qui, d'une manière ou d'une autre, avait toujours été avec moi. J'éprouvais une familiarité oppressante avec ces rues et ces bâtiments, comme si je les avais parcourus dans d'innombrables vies, sans jamais vraiment aller nulle part.

Le ciel au-dessus était comme une toile déchirée, à travers laquelle s'infiltrait une lumière froide, fragmentée en ombres profondes qui ne correspondaient pas aux formes physiques. Le soleil ? Non, il y avait quelque chose de différent. Une lueur presque grise. Il a seulement révélé. Le vent sifflait comme des lamentations, comme si les collines racontaient des histoires oubliées, enfouies sous les couches de la Terre, attendant qu'une voix s'en souvienne.

Marché. Ou je flottais. Le sol semblait lointain, comme si je me déplaçais sans effort, désincarné. Les rues sinueuses serpentaient autour des collines, passant devant des arches et des ruines de civilisations que je ne pouvais pas nommer. J'ai vu des statues de dieux anciens, aux yeux vides et aux visages usés par le temps. La symbologie était indéniable, mais tout échappait à la compréhension. Il reconnut certains signes – des fragments de souvenirs cachés, peut-être de vieux textes sacrés – mais rien n'était clair. Il y avait des traces d'une vérité cachée, enfouie sous la surface.

Je traversai une vaste place, aux colonnes brisées et aux arbres tordus, et au centre, j'aperçus un lac noir, dont l'eau semblait absorber la lumière au lieu de la réfléchir. J'étais attiré là, comme si un aimant invisible me conduisait au centre de ce vide.

En m'approchant, j'ai remarqué qu'il y avait des silhouettes au bord de l'eau. Ils étaient immobiles, immobiles, mais leurs formes étaient vaguement reconnaissables – humaines, mais pas exactement humaines. Ils ont apporté avec eux un sens du but que je n'arrivais pas à démêler. Leurs visages étaient indistincts, mais les yeux... Ah, les yeux étaient vastes, comme s'ils contenaient le cosmos lui-même, tournant lentement en spirales infinies.

murmura l'un d'eux. La voix n'avait pas d'origine claire, elle résonnait quelque part dans mon esprit, comme la pensée de quelqu'un d'autre s'infiltrant dans la mienne.

« Un vivant parmi les morts. »

J'ai essayé de parler, mais ma bouche ne bougeait pas. Les mots étaient gravés en moi, comme si je n'avais pas le droit de briser le silence lugubre de cet endroit.

« Il y a deux rivières, continua le personnage, dont une seule a les échos de ce que vous savez déjà mais que vous avez oublié. »

J'ai regardé le lac, essayant de trouver un sens à ces eaux sombres. En m'approchant, j'ai vu que sa surface n'était pas une eau ordinaire. Il reflétait quelque chose de plus profond, un abîme où les collines semblaient se déformer et se contorsionner. Il y avait des visions dans le reflet. J'ai vu une bataille, semblable aux images de l'Apocalypse : des chevaux noirs chevauchant dans des nuages de feu, des foules fuyant et une tour au loin qui s'effondrait. Mais j'ai aussi vu quelque chose de plus calme, une vaste plaine sans fin, avec des champs dorés et une rivière qui s'étendait jusqu'à l'horizon.

« Qu'est-ce que c'est ? » ai-je finalement réussi à demander, mais sans aucune voix. Mon esprit projetait la question, et les chiffres semblaient répondre automatiquement, comme s'ils attendaient.

« C'est la fin. C'est le début.

La phrase a résonné en moi, comme un son creux qui ne pouvait pas se dissiper. La Gita parlait de cycles, de samsara, de naissance et de mort continues, mais là, l'idée était palpable. J'ai vu des visages dans les eaux, mes visages. J'étais un roi, un mendiant, un soldat. J'ai vu la destruction de villes que je ne reconnaissais pas, et la paix de lieux que je n'avais jamais connus.

L'une des figures se déplaçait, lentement, comme si elle défiait le temps lui-même. La main squelettique se leva et pointa quelque chose au loin. Dans les collines les plus éloignées, j'ai vu un bâtiment. Cela ressemblait à une cathédrale, mais en même temps, à une forteresse. Babylone? Non, c'était quelque chose de plus personnel, quelque chose construit à partir de couches de mon esprit.

Je marchais, ou on me prenait. Le temps semblait se déformer autour de moi, les collines filant en avant et en arrière d'une manière qui défiait toute notion d'espace. En m'approchant de ce bâtiment, j'ai vu d'énormes portes, ouvertes, mais au-delà, il n'y avait que l'obscurité. L'Apocalypse, comme dans le texte, parlait de bêtes et d'anges, de révélations qui détruiraient le monde tel que nous le connaissons. Mais l'obscurité devant moi semblait moins littérale, plus une métaphore vivante. Je faisais face à l'inconnu. La fin de l'illusion. Peut-être, la fin de moi.

Entré.

À l'intérieur de la cathédrale, l'espace était immense, mais sans murs, sans plafond. Seulement des piliers qui se perdaient dans l'obscurité au-dessus. Et là, au centre, j'ai vu une silhouette assise sur un trône. Un roi ? Un dieu ? Sa peau était dorée, mais ses yeux étaient noirs comme le vide. Il m'a regardé comme s'il attendait ce moment depuis des millénaires. J'ai ressenti un poids énorme, comme si j'étais face à quelque chose qui transcende l'humain, quelque chose que je pouvais détruire avec une simple pensée.

Il a parlé, mais pas avec des mots. C'était une connaissance qui jaillissait directement dans mon esprit, comme si elle transmettait quelque chose d'ancien, une vérité que j'ai toujours portée, mais que je n'ai jamais comprise.

« La ville est en train de tomber. »

« Quelle ville ? » pensais-je, mais je connaissais déjà la réponse. C'était toutes les villes. C'était ma ville intérieure, les collines qui constituaient ma propre psyché, chacune représentant une partie de ma vie, de mes choix et de mes pertes.

J'ai ressenti une pression croissante, une tension qui menaçait d'exploser. C'était comme si mon propre être était sur le point d'être désintégré, divisé en minuscules fragments.

Il s'est levé et a commencé à marcher vers moi, chaque pas résonnant dans le vide. Quand il fut enfin assez proche, il tendit la main. Et dedans, j'ai vu une flamme. Petit, mais intense. Une flamme qui semblait contenir la puissance de mille soleils.

Quand j'ai touché la flamme, tout a disparu. La ville, les collines, les personnages. Il n'y avait que moi, suspendu dans le vide, et la flamme, qui brûlait maintenant. Il n'a pas brûlé. Il n'a fait qu'éclairer ce qui était auparavant sombre.

Un palais brillait au loin, entouré de jardins qui semblaient avoir été cultivés par des dieux, où les fleurs exotiques s'épanouissaient dans des teintes vibrantes, leurs pétales brillant de la lumière des étoiles.

Mais à mesure que je m'approchais du palais, le ton de la beauté est devenu sombre. Les fleurs se fanaient au contact de la brume, et le son de la musique se changeait en lamentation, comme si la terre pleurait les pertes et les trahisons qui s'étaient produites en son sein.

En entrant dans le palais, j'ai vu des murs ornés de tapisseries qui racontaient des histoires d'amours interdites, de batailles sanglantes et de destins entrelacés. Au centre, une pièce circulaire affichait une vaste carte astrologique, où les constellations brillaient avec une intensité que je n'avais jamais vue. Les panneaux se déplaçaient lentement, comme s'ils racontaient une histoire de destins croisés, de vies passées et de vies futures.

Alors qu'il examinait la carte, une ombre se projeta sur elle, rendant les constellations déformées et grotesques. C'était une entité qui s'élevait, une représentation du transcendantal – pas de la destruction, mais de la transformation. L'entité a dit quelque chose que je ne pouvais pas comprendre, ou dont je ne me souviens pas, mais j'ai senti sa voix résonner comme un tonnerre lointain.

Quand j'ai regardé en arrière, le palais s'est effondré en une spirale de sable. La réalité avait de nouveau tourné, et il était maintenant dans un désert, mais plus seul. Une foule se formait, des voyageurs de différentes parties du monde, chacun à la recherche de quelque chose, chacun portant son propre poids.

En marchant parmi eux, j'ai vu des visages de personnes que je connaissais, d'autres que je ne reconnaissais pas, mais qui me semblaient familiers. Chacun portait une flamme, une lumière intérieure qui illuminait l'obscurité autour de lui. Certains étaient fatigués, d'autres pleins d'espoir, mais tous avançaient vers le même but, comme si un fil invisible les unissait.

Lorsque j'atteignais un pont, le sentiment que j'étais sur le point de traverser n'était pas seulement physique ; C'était un croisement métaphysique entre le connu et l'inconnu. Chaque pas m'a montré une version de moi-même que je ne connaissais pas, des fragments de ce que j'avais été et de ce que je pouvais être.

Au milieu du pont, une ombre s'est à nouveau formée devant moi. C'était l'incarnation de la peur, un monstre qui grandissait en taille et en forme, se modelant à partir de toutes les insécurités que j'avais nourries. Il s'est levé dans une tempête de ténèbres, murmurant des doutes et des incertitudes qui résonnaient dans mon esprit.

« Je ne suis pas seulement un voyageur perdu ; Je fais partie de l'infini.

Le pont a commencé à briller de mille feux, illuminant le chemin devant moi, et j'ai vu les formes qui s'étaient cachées dans l'obscurité commencer à se dissiper.

De l'autre côté du pont, les gens marchaient dans des rues qui semblaient éternelles, interagissant en harmonie avec la nature environnante. Des fleurs poussaient du sol et des arbres fruitiers offraient de l'ombre et de la nourriture.

Je marchais dans les rues, ressentant la connexion avec chaque être autour de moi. Un sentiment de paix et de tranquillité coulait comme une rivière entre nous, où chaque vie était une goutte d'eau dans un vaste océan.

Je me suis réveillé, maintenant dans ma chambre, avec le soleil filtrant par la fenêtre. La boussole était à mes côtés, pulsant d'une énergie nouvelle. Ce que j'avais vécu n'était pas seulement un rêve ; C'était une transformation. Je me suis levé et, en regardant par la fenêtre, j'ai vu le monde autour de moi avec de nouveaux yeux, comme un chercheur, un voyageur dans le cycle éternel de la vie.

Une colline s'élevait devant moi, et comme je m'approchais, je m'aperçus qu'il n'y avait plus rien dans le désert autour de la ville ; Il y avait une porte ouverte qui me menait à un endroit familier. C'était le Parque Eduardo VII, où les arbres formaient un labyrinthe vert et où les sons de la ville se fondaient dans une symphonie de vie. Cependant, l'atmosphère était imprégnée d'un silence troublant, comme si le parc était à la veille de quelque chose de majestueux.

Au centre du parc, une fontaine jaillissait de l'eau claire, mais en m'approchant, j'ai remarqué que l'eau reflétait non seulement mon visage, mais aussi les images de mes souvenirs.

Maintenant, je me trouvais sur une deuxième colline, qui se manifestait comme un ancien château. En entrant, j'ai remarqué que les murs étaient recouverts de tapisseries qui représentaient des batailles et des victoires, mais aussi des tragédies. Chaque tapisserie semblait raconter une histoire, et les personnages sans vie qui s'y trouvaient me regardaient les yeux vides, comme s'ils attendaient l'arrivée d'un héros qui n'arriverait jamais.

Au centre du château, j'ai trouvé une salle de guerre, où un conseil de guerriers discutait des plans, chacun d'entre eux représentant une facette de la lutte interne à laquelle nous sommes tous confrontés. Parmi eux se trouvait un personnage bien connu, Krishna, qui regardait sereinement.

Bientôt, je fus sur la troisième colline, où les ruines d'un temple se dressaient majestueuses mais ravagées par le temps. L'air était lourd de l'énergie des anciens rituels, et le sol résonnait des échos de mantras oubliés. Au milieu du chaos, une figure a émergé d'entre les ombres : Kali, la déesse de la transformation.

Kali s'approcha et tendit la main, faisant un geste qui semblait évoquer l'essence de l'univers. Le temple a commencé à briller et les ruines se sont transformées en un lieu vibrant où la vie palpitait partout.

Avec l'émergence d'une quatrième colline, je me suis retrouvé dans une grotte obscure, l'entrée enveloppée de brume. C'était un sentiment oppressant, comme si l'obscurité était vivante, absorbant toute la lumière. Dès l'entrée, la grotte s'ouvrait sur une immense salle souterraine où des êtres mythiques dansaient dans l'ombre, représentant les forces de la lumière et des ténèbres.

Au centre de la pièce, une figure colossale s'éleva : comme un être fait de lumière, un archange, avec des ailes qui brillaient de mille feux. Il m'a regardé, son regard profond et compatissant.

Alors qu'il prononçait des mots que je ne pouvais pas entendre, des ombres ont commencé à danser autour de moi, et j'ai vu des figures fantomatiques, des figures animales que je n'avais jamais vues auparavant, et même des villes qui semblaient appartenir à une autre civilisation. C'était un cycle sans fin de situations et de causalité.

Lorsqu'il sortit de la grotte, la scène changea de nouveau, et il se trouva maintenant devant la cinquième colline, qui se manifestait sous la forme d'un bosquet. La lumière filtrait entre les feuilles, créant un spectacle de couleurs dansantes. Les bruits de la nature remplissaient l'air et je pouvais sentir la pluie qui allait arriver. Au cœur des bois, j'ai trouvé un arbre immense, dont les racines s'entremêlaient comme des serpents.

En m'approchant, j'ai vu que l'arbre avait des feuilles dorées qui brillaient de mille feux, et entre les racines, une ombre semblait piégée, essayant d'émerger.

Comme je sortais des bois, une nouvelle scène s'est déroulée devant moi, et j'étais maintenant sur une montagne enneigée. L'air était frais et pur, et en baissant les yeux, j'ai vu l'immensité du monde au-dessous de moi. Chaque pas que je faisais était un défi pour ne pas tomber.

En arrivant au sommet de la colline, la scène a changé une fois de plus, et maintenant j'étais de retour à Lisbonne, à un point élevé où les sept collines étaient dessinées dans la douce lumière du coucher de soleil. Les souvenirs des collines résonnaient encore dans mon esprit et mon cœur.

J'ai regardé autour de moi et j'ai vu des gens marcher, chacun d'eux portant des miroirs géants, qui reflétaient des images complètement déformées de ce qu'ils étaient censés refléter.

Pour une raison quelconque, j'ai décidé de marcher dans la direction opposée de ces gens, jusqu'à ce que j'atteigne un jardin dont les feuilles des arbres et des plantes avaient un vert foncé profond.

J'ai continué à marcher et, à chaque pas, les arbres et les feuilles semblaient se rapprocher de plus en plus de moi, dans une tentative de m'emprisonner, j'ai commencé à avoir un bref sentiment de désespoir.

Quand, continuant ma route, les arbres et les feuilles semblaient vouloir m'écraser, j'arrivai dans un champ ouvert, avec un arbre géant et brillant, dont le sommet semblait s'étendre au-dessus des nuages et continuer à travers l'univers.

J'ai eu une vision de l'arbre presque comme une cime, il semblait être divisé en dix parties, et la première et la partie la plus basse était une tapisserie vibrante de vie.

Chaque détail était exact et réaliste, du bruit des oiseaux vaquant à leurs occupations matinales au murmure du vent caressant les feuilles des arbres. Je sentais la texture du sol sous mes pieds, la chaleur du soleil sur ma peau et l'odeur de la terre humide, l'arôme d'une nouvelle vie. C'était l'incarnation de tout ce qui existait, et pendant un instant, je me suis perdu dans l'émerveillement du monde physique.

En surface, c'était un domaine de matière, mais en regardant de plus près, je me suis rendu compte que chaque élément était le reflet des énergies plus subtiles qui le soutenaient. Tout comme la lumière du soleil se transforme en chaleur, l'énergie de cette tapisserie était une manifestation des parties supérieures de l'arbre, reliant chacune de ses extrémités.

Une fleur de figuier s'est ouverte devant moi, et tout autour d'elle, je pouvais voir le cycle de la vie et de la mort en action. La beauté éphémère de la vie était un rappel constant que chaque instant est précieux et que la mort n'est qu'une transformation. La fleur était un symbole, un rappel que ce qui se manifeste doit aussi se dissoudre. Tout comme le jour devient nuit et que la vie tourne à la mort, chacun de nous doit apprendre à accepter l'impermanence.

En quittant la fleur, la lumière a commencé à s'intensifier et j'ai été projeté dans une autre pièce. Ici, l'air était plus éthéré et les formes devenaient fluides, presque comme si j'étais à l'intérieur d'une grande rivière. L'atmosphère était imprégnée d'images, de symboles et d'émotions, chacune étant une expression de la réalité sous-jacente.

Il semblait que chaque pensée que j'avais, chaque émotion que je ressentais, façonnait l'espace autour de moi. C'était comme si la réalité était constamment créée et recréée à travers mes perceptions.

Une série de miroirs apparut, semblables à ceux qu'il avait vus auparavant, chacun reflétant différentes versions d'une personne, à différents moments et circonstances. J'ai vu l'enfant curieux, l'adolescent rebelle, un adulte mélancolique. Chaque reflet fait remonter des émotions refoulées et des souvenirs oubliés.

Après cela, une bibliothèque colossale s'est matérialisée devant moi, avec des étagères qui s'étendaient à l'infini. Des livres anciens et des parchemins chuchotaient des secrets sur mon passage, des secrets dans des langues que je ne comprenais pas, chaque livre semblait promettre une révélation. Lorsque j'ai ouvert l'un d'entre eux, j'ai trouvé un récit des anciens sages qui discutaient du sens de la vie, de l'amour et de la mort. Ses paroles ont profondément résonné en moi et j'ai compris que la sagesse s'accumule au fil du temps et se transmet de génération en génération.

Alors que je marchais, une lumière verte et dorée a commencé à pulser autour de moi, remplaçant la bibliothèque. Une scène de guerre s'est déroulée devant moi, avec des guerriers faisant face à des reflets d'eux-mêmes.

Un vaste champ de roses s'ouvrait devant moi, toutes plus vibrantes les unes que les autres. Les roses rouges dansaient dans la brise, créant une symphonie de teintes et de parfums rouges. La pièce s'est transformée en une pièce complètement rouge avec une vibration intense et puissante, et le rouge pulsait comme un cœur en furie.

Puis une pièce éclairée apparut, à mesure que j'entrais dans la pièce, les murs devinrent plus sombres, mais non moins beaux et ornés ; Les ombres dansaient dans une douce

lumière, comme si l'obscurité elle-même racontait des histoires.
Un grand chaudron bouillonnant se trouvait au centre, où se mêlaient et se transformaient idées, visions, objets.

Alors que je regardais intensément dans le chaudron, un vaste champ d'étoiles et de galaxies se déroulait devant moi, et je réalisai que chaque étoile était une partie de l'ombre, qui, dans cet environnement, formait une figure de mon corps.

« Chaque homme et chaque femme est une star », me suis-je souvenu.

Chapitre 9
La ville aux sept collines
X. Clavis.

Quand je me suis réveillé, j'ai eu l'impression d'avoir dormi pendant deux jours. Je n'avais même pas complètement ouvert les yeux, j'ai couru à mon bureau pour prendre mon cahier et commencer à écrire avec le plus de détails possible chaque partie de ce rêve qui semblait progressivement plus lointaine et grise.

Les tons apocalyptiques de mon rêve et les sensations ambiguës que j'avais même des heures après mon réveil m'ont rappelé une ancienne prophétie, encore assez célèbre dans certains cercles occultes.

Un ensemble énigmatique de 112 devises associées à chaque pape qui gouvernerait l'Église catholique, La Prophétie de saint Malachie est imprégnée de mystère et de symbolisme. Avec une origine qui remonte au XIIe siècle, lorsque le saint irlandais Malachie a eu une vision lors d'une visite à Rome, ce texte est devenu un point de référence pour les discussions sur l'avenir de l'Église et la fin des temps. Depuis sa découverte à la fin du XVIe siècle, la prophétie a fait l'objet d'interprétations diverses, notamment en ce qui concerne le dernier pape, une figure qui, selon les prophéties, conduira l'Église dans les temps de grande tribulation.

La Prophétie aurait été écrite en 1139, mais sa notoriété n'a fait que croître à partir de 1590, lorsqu'elle a été publiée par des cardinaux qui l'ont trouvée dans un manuscrit ancien. Le cardinal Federico Borromeo a été l'un des premiers à attirer l'attention sur le texte, qui s'est rapidement répandu parmi les intellectuels de l'époque. Bien que l'authenticité de la prophétie ait été mise en doute, son contenu a résonné avec l'inquiétude d'une Église en crise, en particulier dans les périodes de guerres et de conflits religieux qui ont marqué les siècles suivants.

Les phrases qui composent la prophétie sont des descriptions cryptiques de chaque pape, souvent avec un lien subtil avec leur vie et leurs papautés. Le langage symbolique et les traits poétiques rendent les interprétations subjectives, permettant à divers chercheurs et croyants d'établir des liens et des traces de sens, en fonction du contexte historique et culturel dans lequel ils se trouvent.

Chacune des 112 devises fait référence à un pape, et les descriptions vont de références directes à un symbolisme plus vague. Par exemple:

Le pape Pie IX : sa devise « Crux de Cruce » (Croix de la Croix) fait référence à sa forte défense de la doctrine catholique en période de sécularisation.

Pape Léon XIII : « De Laboribus Solis » (Sur l'œuvre du soleil) pourrait être lié à son temps de leadership pendant la révolution industrielle et à ses encycliques sur la justice sociale.

Les devises évoquent des images qui peuvent sembler prophétiques ou ironiques, conduisant à la création de récits qui reflètent la lutte de l'Église à différentes époques. Chaque devise, bien qu'apparemment indépendante, s'inscrit dans un puzzle plus vaste, reflétant la continuité de l'histoire de l'Église à travers les difficultés.

Le personnage le plus intriguant de la prophétie est le dernier pape, qui est appelé « Petrus Romanus ». La devise qui lui est associée est particulièrement percutante :

« Au cours de la dernière persécution de la sainte Église, Petrus Romanus fera paître son troupeau au milieu de nombreuses tribulations ; après cela, la Cité aux Sept Collines sera détruite, et le Terrible Juge jugera son peuple.

Cette devise résonne sombrement, évoquant des images d'apocalypse et de destruction. L'expression « ville aux sept collines » fait directement référence à Rome, le cœur de l'Église catholique et le centre de la chrétienté pendant des siècles. La perspective que la ville puisse être détruite soulève des questions sur la permanence de l'Église et la possibilité d'un effondrement spirituel.

La figure de Petrus Romanus est pleine de symbolisme. Le nom « Petrus », qui signifie « pierre » en latin, fait référence à l'apôtre Pierre, considéré comme le premier pape, et symbolise la fondation de l'Église. L'ajout de « Romanus » suggère une continuité historique, tout en impliquant une rupture avec la tradition.

Ce qui rend cette prophétie encore plus fascinante, c'est le moment où elle est produite. La « dernière persécution » est un concept qui peut être interprété de plusieurs façons : comme une période d'hostilité croissante à la foi chrétienne, comme des persécutions religieuses à travers l'histoire, ou même comme une période de conflit interne au sein de l'Église. La combinaison de tous ces éléments fait de la figure de Petrus Romanus non seulement un leader, mais aussi un symbole de résistance dans les moments d'adversité.

Rome, avec ses sept collines – Aventin, Palatin, Capitole, Quirinal, Viminal, Esquilin et Celio – n'est pas seulement un lieu physique, mais un espace chargé d'histoire et de symboles occultes. La ville est un microcosme de l'histoire de l'humanité, rempli de ruines qui parlent de gloires passées et d'ombres qui rappellent les chutes du pouvoir. Chaque colline porte ses propres histoires et mythes, qui reflètent le désir de transcendance de l'humanité, mais aussi l'inévitabilité de la décadence.

Au cours de la prophétie de saint Malachie, Rome était un lieu de grande transformation, marqué par des batailles d'idéaux et de croyances. Les chrétiens ont été persécutés sous divers empereurs, et les récits de martyrs et de saints ont commencé à s'entremêler à l'histoire de la ville. Cette lutte pour la survie de la foi au milieu d'un environnement hostile résonne dans les paroles de Malachie et résonne encore aujourd'hui.

La mention du « Juge terrible » dans la devise de Petrus Romanus intensifie le caractère apocalyptique de la prophétie. Cette figure peut être associée à diverses traditions, du jugement dernier décrit dans le livre de l'Apocalypse aux conceptions du rétribution et de la justice dans différentes religions et mythologies. Le Juge n'est pas seulement un symbole de peur, mais aussi d'espoir pour ceux qui restent fidèles à leur foi, représentant la possibilité de la rédemption après la tribulation.

Dans les moments de crise, les figures du Juge et du salut apparaissent plus fréquemment dans les discours religieux et les récits collectifs. La dualité entre la peur et l'espérance imprègne les réflexions sur l'avenir de l'Église et le destin de l'humanité. Petrus Romanus, en tant que dernier pape, devient un intermédiaire entre la Terre et le Ciel, portant sur ses épaules la responsabilité de guider les fidèles dans les temps sombres.

Après tant de symbolismes autour de moi sur la ville aux sept lignes, il me fallait enfin connaître cette ville qui a toujours suscité mon regard et ma curiosité.

La Ville éternelle est un lieu où le passé et le présent dansent dans une chorégraphie complexe, où les cicatrices de l'histoire s'entremêlent à la vie quotidienne. En franchissant ses limites, nous sommes immédiatement transportés dans un univers où chaque pierre et chaque monument murmurent les secrets d'une époque où les empereurs régnaient et où les dieux étaient vénérés. L'air porte le poids des âges, un mélange de liberté et d'oppression, de lumière et d'ombre, qui imprègne ses rues anciennes.

Je suis arrivé par une matinée calme, le soleil baignait les rues pavées d'une lumière dorée, faisant briller les bâtiments historiques comme des sentinelles du temps. Le Forum romain, avec ses ruines majestueuses, s'est révélé être un témoignage de la grandeur de la civilisation qui s'y est épanouie. Les colonnes du temple de Saturne s'élèvent avec défi, tandis que l'écho des pas des anciens Romains résonne encore dans les pierres érodées. Chaque recoin révèle une nouvelle histoire, chaque ombre semble porter le souvenir d'un empire qui s'étendait sur plusieurs continents.

En me promenant dans les rues étroites du Trastevere, je ressens le pouls de la vie moderne sur fond d'ancien. Les cafés confortables et les places animées contrastent avec les majestueuses églises baroques, leurs façades ornées de sculptures qui semblent prendre vie à la lumière du soleil couchant. Les voix des habitants se mêlent aux rires des touristes, créant une symphonie de sons qui résonnent dans l'air, tandis que l'arôme du café frais et des pains cuits s'entremêle, créant une invitation irrésistible à une pause.

Cependant, la beauté de Rome est entrecoupée d'une certaine mélancolie. En vous promenant le long de la Via della Conciliazione, la vue sur la basilique Saint-Pierre se présente avec son imposant dôme, un chef-d'œuvre de Michel-Ange. Mais derrière sa grandeur, il y a un écho des conflits et des luttes de pouvoir qui ont façonné l'Église et la ville. Les colonnes du Bernin qui entourent la place sont une étreinte accueillante, mais aussi un rappel des vies sacrifiées au nom de la foi et de la politique.

Au fur et à mesure que la journée avance, le ciel commence à se teinter de teintes rougeâtres et les lumières de la ville commencent à briller comme les étoiles d'une constellation terrestre. Le Panthéon, avec sa coupole majestueuse, invite à la réflexion. Dès l'entrée, l'espace est enveloppant et solennel, la lumière qui pénètre à travers l'oculus illuminant le vide sacré. Ici, l'architecture devient une métaphore de la recherche du divin, et la révérence que je ressens est presque palpable. C'est un lieu où les anciens et les modernes se rencontrent, où le temps semble s'estomper.

Le Colisée, imposant et usé, rappelle les batailles sanglantes et le spectacle de la vie et de la mort. En me promenant dans ses gradins, j'imagine les cris de la foule, l'adrénaline des gladiateurs et la tension qui imprégnait chaque combat. Son histoire, remplie de triomphes et de tragédies, résonne sur les murs, me faisant m'interroger sur le prix du divertissement et la nature de l'humanité.

J'ai vu une ville qui respire, qui vit et qui meurt, sans cesse réinventée et réinventée. Au fur et à mesure que la nuit s'approfondit, les bruits du jour se dissipent, laissant place à un silence contemplatif. Le Tibre, qui serpente à travers la ville, reflète les lumières des bâtiments, tandis que ses eaux murmurent des secrets que seuls les anciens connaissaient. En marchant le long de la rivière, je me sens enveloppée d'un sentiment de solitude, comme si chaque pas était un voyage dans le temps.

Et alors que les étoiles commencent à scintiller dans le ciel nocturne, je me rends compte que Rome est plus qu'une ville ; C'est une symphonie d'histoires, une tapisserie d'émotions et une ode à la condition humaine. C'est un lieu où l'art et l'architecture deviennent le reflet de l'âme, où chaque recoin révèle non seulement la beauté, mais aussi la complexité et la dualité de l'existence. Ainsi, Rome reste, éternellement, comme une énigme qui fascine et intrigue, une invitation à explorer les profondeurs de notre propre histoire et spiritualité.

Sur la Piazza Navona, la beauté est enveloppée d'un manteau de nostalgie et de mystère. La fontaine des Quatre Fleuves s'élève majestueusement, mais en y regardant de plus près, je me rends compte que les eaux semblent murmurer d'anciens secrets. Les figures sculptées, qui représentent les grands fleuves du monde, me regardent avec des expressions qui semblent capturer la douleur et la gloire de l'humanité. Le Nil, avec son drap couvrant sa tête, cache son visage avec méfiance, tandis que le Danube, avec un visage mélancolique, réfléchit aux courants du destin.

Les ruelles qui entourent la place sont étroites, presque claustrophobes, comme si la ville essayait de garder ses mystères. Les cafés et les restaurants, avec leurs tables occupées par la conversation et les rires, créent un contraste entre la joie et l'histoire sombre qui imprègnent le lieu. C'est ici que les rêves s'entremêlent aux réalités, et je ne peux m'empêcher de ressentir une étrange présence, comme si les âmes de ceux qui m'ont précédé errent encore sur ces pierres.

La Piazza del Popolo, avec sa forme ovale, est un portail vers un monde plus sombre. L'obélisque Flaminio, qui se dresse solennellement au centre, est un témoin silencieux des temps d'accomplissement et de douleur. En m'approchant, je sens un frisson me parcourir la colonne vertébrale. Les deux églises jumelles, avec leurs façades symétriques, semblent regarder d'un œil critique, comme si elles gardaient les secrets de ceux qui s'agenouillaient en prière sous leurs toits.

Du haut de l'escalier de la Trinité des Monts, la vue se déroule comme un conte sombre. Les toits de la ville s'étendent dans une mer de rouges et d'ocres, tandis que la lumière du soleil dérive pour laisser place à la lumière tamisée. Ici, l'histoire n'est pas seulement une succession d'événements, mais une spirale d'émotions – tristesse, perte, espoir – qui s'entremêlent comme les racines d'un arbre ancien.

Finalement, je suis arrivé à l'endroit de Rome que je voulais le plus connaître. Dressé au bord du Tibre comme un gardien solennel, le Castel Sant'Angelo est un monument qui incarne la dualité de l'histoire de Rome : une forteresse de pouvoir et un labyrinthe de secrets. Initialement construit comme le mausolée de l'empereur Hadrien, son architecture robuste en forme de cylindre semble absorber la lumière du soleil, émettant une aura presque spectrale lorsque le jour se transforme en nuit.

Lorsque la lumière du jour s'estompe et que la nuit s'installe, le château se transforme en un lieu où le passé et le présent s'entremêlent. Les ombres s'allongent et les murs de pierre, qui ont déjà été témoins d'intrigues, de trahisons et de rédempteurs, semblent vibrer des voix des âmes agitées. Une brise glaciale murmure entre les tours, apportant avec elle des échos d'histoires inédites et de secrets enfouis dans les cryptes sombres qui descendent au cœur de la forteresse.

Au sommet, la statue de l'archange Michel, épée à la main, veille sur la ville comme une sentinelle divine. Cependant, en y regardant de plus près, ses yeux semblent porter un poids de jugement. L'air lourd qui entoure le château est imprégné d'un mélange de révérence et de désespoir, comme si les esprits de ceux qui y vivaient étaient toujours à l'affût, prêts à se manifester dans des moments de solitude.

Les couloirs intérieurs sombres et étroits sont un labyrinthe de pierres froides qui résonnaient autrefois des pas des papes, des soldats et des prisonniers. L'écho des chaînes qui traînaient les condamnés semble encore vibrer sur les murs. Chaque porte, chaque arche nous rappelle qu'il ne s'agit pas seulement d'un château, mais d'un lieu de transition, un espace où la vie rencontre la mort et où la justice est souvent éclipsée par la corruption.

Les tunnels souterrains, qui relient le château au Vatican, racontent une époque de secrets chuchotés et d'alliances traîtresses. Les gardes qui y servaient étaient plus que de simples soldats ; Ils étaient les gardiens d'une connaissance occulte, faisant partie d'un système qui naviguait dans les eaux troubles du pouvoir et de la trahison. La rumeur veut que certains de ces tunnels n'aient jamais été entièrement explorés, restant comme des veines palpitantes d'un corps énigmatique qui continue d'exister sous la ville.

Au fur et à mesure que la nuit avançait, le château s'animait d'une énergie presque palpable. Le vent hurle dans les fissures des murs, comme s'il appelait les esprits qui y habitent. Les visiteurs, armés de lampes de poche et de curiosité, se déplacent comme des ombres, presque invisibles sous le clair de lune se reflétant sur les pierres humides. Les histoires racontées par les guides, remplies de fantômes et de mystères, résonnent dans l'esprit des auditeurs, tandis que la présence du château imprègne l'air.

Les gens qui s'aventurent dans ses murs parlent de visions, d'éclairs d'un passé tumultueux qui tourmentent leur conscience. Le château devient le miroir des angoisses et des regrets de ceux qui s'en approchent. Ce qui était autrefois une forteresse de protection devient un temple de la réflexion, où chaque visiteur se confronte à ses propres ombres.

Le Castel Sant'Angelo, avec sa riche tapisserie d'histoire et de mythes, témoigne de la dualité de la condition humaine. Sa beauté est éclipsée par un manteau de mélancolie, et la grandeur de ses murs est presque suffocante, un rappel constant que le pouvoir a un prix.

Alors que je m'éloigne, des ombres dansent autour, enveloppant le château d'une étreinte sombre, comme si elles protégeaient ses secrets d'un monde qui ne comprend plus ses vérités. Le Tibre coule le long du Tibre, ses eaux reflétant les étoiles mais cachant aussi des histoires qui n'ont jamais été racontées, tandis que le Castel Sant'Angelo continue de veiller, éternel gardien des mystères de Rome.

Le lendemain matin commença par une lumière pâle filtrant à travers les nuages, projetant une lueur éthérée sur les dômes et les colonnes de la basilique Saint-Pierre. Dès que j'ai franchi les immenses portes, un air d'émerveillement m'a enveloppé, comme si l'espace lui-même palpitait de l'histoire sacrée qui habitait ses murs. La grandeur de l'endroit était à la fois éblouissante et écrasante ; Les pierres froides, les marbres polis, chaque recoin rempli de symbolisme et chaque fresque racontant une histoire qui a transcendé le temps. Mes pas résonnèrent sur le sol, résonnant un murmure d'incertitude que j'avais ramené de mon voyage.

L'art catholique, si glorifié dans son immensité, a éveillé en moi un paradoxe de sentiments. D'une part, l'histoire de l'Église me hantait, les tortures, les inquisitions, le silence de la libre pensée. Le sang des savants et des esprits brillants, versé au nom d'une foi qui craignait la connaissance. Je me suis souvenu de Galilée, de Giordano Bruno, de toutes les âmes qui ont été brûlées pour avoir remis en question le dogme, pour avoir cherché la vérité dans un monde qui préférait vivre dans l'ignorance. Le cœur lourd, j'ai réfléchi à la perte de nombreuses vies, au manteau noir de l'oppression qui s'était étendu pendant des siècles.

Mais alors que je marchais dans les couloirs ornés, la lueur dorée des fresques de Michel-Ange au plafond a commencé à me captiver. La Création d'Adam, image sublime qui relie le divin et l'humain, est devenue une invitation, un appel silencieux à la contemplation. J'étais un ésotérien perdu entre les ombres du passé et la luminosité de l'art. Ce que j'ai vu, cependant, n'était pas seulement l'histoire d'une religion, mais l'exaltation de l'esprit humain à la recherche de la beauté, de la vérité et de l'amour.

Et donc, en m'enfonçant plus profondément dans la basilique, je me suis rendu compte que la guerre avait été perdue ; Les catholiques ont gagné. C'était une victoire amère et étrange, un exploit qui avait scellé un pacte entre le sublime et le profane. L'art, devenu le véritable patrimoine du sacré, s'est épanoui sous la domination de l'Église. Chaque sculpture, chaque peinture, chaque note de musique qui résonnait dans les voûtes résonnait de la grandeur de l'esprit créatif qui, même sous l'égide d'une institution si souvent sombre, parvenait à briller d'une intensité qui ne pouvait s'effacer.

Les reliefs méticuleusement sculptés, la perfection géométrique de l'espace, les nuances de lumière qui dansaient sur les murs de marbre, tout cela parlait d'un amour pour Dieu et pour l'homme, d'un lien intrinsèque qui défiait les récits de répression. C'était un témoignage de ce qui pouvait émerger des cendres de la peur : une beauté qui brille à travers et élève, même au milieu d'une lutte sans fin contre les ténèbres.

Soudain, une douce mélodie se fit entendre, résonnant entre les arcades et les colonnes, me transportant dans un état de légère tristesse. C'était de la musique sacrée, née de la voix d'hommes et de femmes qui se sont donnés à Dieu à travers l'art. Le chant a résonné comme un hymne à la résilience, un rappel que, malgré les horreurs du passé, la lumière de la créativité humaine n'a jamais été complètement éteinte. J'étais envahi par un sentiment de gratitude pour ceux qui, même au sein d'une structure oppressive, parvenaient à canaliser leur spiritualité vers quelque chose de transcendantal.

Ce matin-là, alors que je me tenais sous le dôme majestueux de Saint-Pierre, mes craintes ont commencé à se dissiper. L'art catholique n'était pas seulement un reflet de la religion, mais un pont qui unissait le passé et l'avenir, un témoignage de la lutte et des dépassements de l'humanité. Chaque coup de pinceau, chaque note, chaque pierre était un acte de résistance contre l'oubli, une ode à la vie dans toute sa plénitude. Les ombres qui menaçaient autrefois d'éteindre le rayonnement de l'âme humaine ne servaient plus qu'à en rehausser la splendeur.

Dans un silence sépulcral, sentant presque mes lèvres scellées, j'ai compris que ma colère contre l'Église, bien que compréhensible, devait être tempérée par une appréciation des plus belles choses qui pouvaient émerger de son histoire. La basilique Saint-Pierre, dans toute sa gloire et sa douleur, est devenue un symbole de la dualité de l'existence. En son sein, la lumière et les ténèbres coexistent, entrelacées dans un enchevêtrement de significations qui défient toute tentative de simplification.

Ainsi, tandis que je contemplais les détails, les images de saints et de martyrs qui ornaient les murs, la beauté de l'architecture se déroulait devant moi comme une révélation. Moi, chercheur au milieu des rêves et des cauchemars, j'y ai trouvé une réponse à mon propre voyage. En fin de compte, il ne s'agissait pas de savoir qui avait gagné ou perdu, mais comment, dans chaque trace de beauté, dans chaque écho de l'art, il y avait une possibilité de rédemption.

Le soleil illuminait mon chemin à travers l'un des vitraux majestueux, comme si le ciel lui-même célébrait cette nouvelle perspective. Chaque pas, maintenant, était un hommage à l'art qui résiste, qui parle même au milieu du silence, une ode à toutes les âmes qui, à travers la douleur, ont trouvé un moyen d'exprimer l'éternité.

Ils ont gagné la guerre, tout ce qui restait à toute âme lésée au Moyen Âge était laissé reposer sous la voûte de l'art, de la musique sacrée et de l'architecture spectaculaire pleine de peurs et de soumission que la religion infligeait encore à certains.

J'ai traversé Rome à pied jusqu'à la galerie Borghèse, que j'ai trouvée reposante et splendide, cachée au milieu des luxuriants jardins Borghèse ; où il est apparu comme un sanctuaire de l'art qui enchante et effraie. Un palais de la Renaissance, avec sa façade en marbre blanc, se dresse comme une forteresse de beauté dans un monde souvent dominé par la superficialité. Dès que vous franchissez les grilles en fer forgé, vous êtes transporté dans un royaume où l'esthétique et l'émotion s'entremêlent, et où chaque œuvre semble murmurer des secrets.

L'architecture de la galerie, conçue par Carlo Maderno au début du XVIIe siècle, est d'une splendeur qui reflète la grandeur de l'époque qui l'a conçue. Les pièces se déroulent comme les chapitres d'un livre, chacun emmenant les visiteurs dans une nouvelle histoire. Les plafonds sont ornés de fresques luxuriantes, qui représentent des dieux, des héros et des figures mythologiques, capturant un monde où le divin et l'humain s'entremêlent de manière complexe. La lumière qui pénètre par les grandes fenêtres transforme les pièces en sanctuaires de contemplation, où la beauté est presque palpable.

En parcourant les salles, vous êtes immédiatement enveloppé par la présence de chefs-d'œuvre d'artistes de renom. La galerie Borghèse abrite l'une des collections les plus importantes d'Italie, avec des œuvres du Caravage, de Raphaël, du Bernin et de bien d'autres. Chaque œuvre, bien que riche en beauté, porte une charge émotionnelle et une ombre de mélancolie.

En me promenant parmi les œuvres des grands maîtres, j'ai senti mon cœur battre, et une légère confusion dans ma vision. J'avais remarqué, au cœur de la Galerie, entre l'opulence du marbre et la délicatesse des couleurs, la célèbre (faute de meilleurs mots pour la décrire) sculpture « L'Enlèvement de Proserpine », créée par le maître baroque Gian Lorenzo Bernini. Ce chef-d'œuvre témoigne du pouvoir de l'art à capturer non seulement la beauté mais aussi la complexité des émotions humaines, tout en évoquant un sentiment d'obscurité qui traverse son récit mythologique.

La sculpture capture un moment dramatique et décisif de la mythologie romaine, où Hadès, le dieu des enfers, kidnappe Proserpine, la déesse du printemps. L'instant est figé dans une dynamique intense, où la tension est perceptible. Proserpine, immortalisée dans le marbre, est représentée dans un geste de résistance et d'horreur, tandis qu'Hadès, ou Pluton pour les Romains, fort et déterminé, la soulève dans ses bras, comme si la nature était sur le point de céder aux ténèbres.

Les yeux de Proserpine, écarquillés dans un mélange de surprise et de terreur, reflètent une profonde tristesse. Ses mains se tortillent pour se soutenir, comme pour saisir quelque chose qui a disparu, tandis que sa fleur, symbole du printemps, lui glisse des doigts. Cette fleur, symbole de vie et d'espoir, est laissée derrière, suggérant le passage brutal d'une existence lumineuse à l'obscurité du monde souterrain.

Le Bernin, avec sa maîtrise de la manipulation du marbre, capture non seulement la forme mais aussi l'essence de la lutte intérieure de Proserpine. La lumière qui tombe sur la sculpture met en évidence le contraste entre l'être et le non-être, le monde de la vie et le royaume de la mort. La lueur dansante sur les surfaces polies révèle la beauté, mais souligne également la fragilité de la condition humaine.

Les plis de la robe de Proserpine sont méticuleusement sculptés, comme si le tissu était sur le point de s'estomper en fumée. La façon dont le tissu s'accroche à votre corps est presque viscérale, évoquant un sentiment de vulnérabilité. La texture du marbre, à la fois douce et rigide, reflète la dualité de sa condition : la beauté d'une déesse tragiquement entraînée dans l'obscurité.

Pluton, à son tour, est représenté comme une figure puissante, musclée, imperturbable dans son désir. Ses yeux, quoique doués d'une expression intense, semblent insensibles à la souffrance de Proserpine. La force de sa présence est oppressante, une manifestation du destin inévitable qui nous attend tous. Il devient un symbole non seulement de désir, mais aussi de possession, de consommation de la vie dans une obscurité qui ne peut être inversée.

La sculpture elle-même est un récit visuel, où les ombres jouent un rôle essentiel. Les zones ombragées, créées par les angles et la profondeur de l'œuvre, semblent palpiter d'une vie qui leur est propre. Ils forment un manteau de mystère qui entoure la scène, comme si le récit lui-même était inséré dans une intrigue plus large de tragédies et de destins inévitables.

« L'enlèvement de Proserpine » n'est pas seulement une histoire d'amour et de perte ; C'est le reflet des expériences humaines les plus profondes – la lutte contre le destin, la recherche de la liberté et l'inévitabilité de la mort. Dans la mythologie romaine, l'enlèvement de Proserpine symbolise les saisons : sa descente dans le monde souterrain représente l'automne et l'hiver, tandis que son retour à la surface marque le printemps. Ce cycle, qui se répète éternellement, nous rappelle la fragilité de la vie et l'inéluctabilité de la mort.

Les murmures de la galerie autour de la sculpture, où les visiteurs admirent l'œuvre, créent une cacophonie de voix qui s'entremêlent à l'histoire de Proserpine, ou Perséphone.

Leurs expressions d'émerveillement et d'émerveillement résonnent avec la douleur et la beauté encapsulées dans la pierre. La galerie elle-même semble respirer à l'unisson, enveloppée dans un manteau de révérence pour le passé, un espace où l'art est éternellement vivant, mais aussi éternellement piégé dans un cycle d'ombre et de lumière.

L'expérience d'observer L'Enlèvement de Proserpine a été une invitation à la réflexion. La sculpture est un miroir qui reflète non seulement l'histoire d'une déesse, mais aussi notre propre condition humaine. Face au deuil et à la perte, nous sommes confrontés à l'inévitable question : comment gérons-nous l'ombre qui nous hante ?

Alors que les yeux se fixent sur l'expression de Proserpine, il y a un moment d'identification.

La fragilité, la douleur et la beauté de leur lutte deviennent un écho de nos propres batailles, des fatalités qui nous entourent.

Au milieu de la splendeur de la galerie Borghèse, l'ombre de l'histoire et de l'émotion s'entremêlent, créant un espace de beauté sombre qui perdure bien au-delà du temps.

Ainsi, l'œuvre reste non seulement une œuvre d'art, mais aussi un symbole puissant des vérités universelles de la vie, un rappel que même dans les luttes les plus intenses, la beauté peut être trouvée, même si elle est enveloppée d'ombres.

En sortant de la galerie, introspectif sur l'effet que l'art du Bernin avait sur moi, j'ai vu les allées sinueuses entourées de statues classiques et de fontaines qui murmurent les lamentations de l'antiquité dans les jardins.

Les grands arbres formaient une canopée qui filtre la lumière du soleil, créant un jeu d'ombre et de lumière sur le sol, évoquant un environnement presque onirique.

La quiétude du jardin est rapidement devenue troublante.

Le murmure de l'eau semble murmurer d'anciens secrets, et les ombres qui dansent sur les feuilles semblent des figures fugaces, comme si les âmes des anciens habitants de la galerie étaient toujours à l'affût, observant le passage du temps.

À ce moment-là, j'ai réalisé que j'étais sur les terres de mes ancêtres et, peut-être influencé par l'art du Bernin, j'ai décidé de suivre la route de mes grands-parents et arrière-grands-parents immigrés de ce pays, vers la ville que je pensais être leur maison.

Je voulais me connecter avec cet aspect des profondeurs de mon âme et de mes ancêtres.

Chapitre 10
Légume
XI. Clavis.

J'ai pris le train en direction du nord, et j'étais vraiment désolé de ne pas être passé par Florence.

Crémone, une ville ancienne sur les rives du Pô dans la région de Lombardie, est un lieu où le temps semble suivre son propre rythme, comme le battement lent d'une sonate oubliée. Lorsque vous vous promenez dans ses rues étroites et pavées, un sens presque palpable de l'histoire est imprégné des façades des bâtiments. La douce lumière de la fin d'après-midi donne aux bâtiments de la Renaissance une teinte ambrée, tandis que de longues ombres sinueuses s'étendent dans les ruelles, évoquant une atmosphère de mystère et de nostalgie.

Au centre de la ville, se dresse l'imposante Torrazzo, une tour d'horloge qui domine l'horizon. Avec près de 112 mètres de haut, c'est l'une des plus hautes tours médiévales d'Europe, et sa présence est à la fois un point de repère et un gardien silencieux, regardant les siècles passer. La cloche résonne avec une profondeur qui semble résonner dans l'âme de ceux qui l'entendent, rappelant des souvenirs d'antan, lorsque les ombres de la puissance de l'Église et des guildes médiévales planaient encore sur la ville.

À côté du Torrazzo, la cathédrale de Crémone est un joyau de l'architecture romano-gothique. Ses murs, décorés de fresques anciennes, semblent porter le poids de siècles de prières et de mystères. Entrer à l'intérieur, c'est comme entrer dans un autre monde, où la lumière qui filtre à travers les vitraux colorés transforme l'environnement en une pénombre mystique. Il y règne un silence, un sentiment que le temps a été suspendu. Les yeux des statues de saints semblent suivre les visiteurs, et l'odeur de l'encens et de la cire fondante crée une atmosphère lourde et contemplative. C'est le genre d'endroit où les secrets peuvent se cacher dans l'ombre et où le divin et le profane semblent se rencontrer dans une danse silencieuse.

Crémone, cependant, n'est pas seulement célèbre pour son architecture. La ville porte une histoire musicale unique, imprégnée par la mystique de la construction du violon. Aux XVIe et XVIIe siècles, des maîtres luthiers tels qu'Antonio Stradivari, Guarneri et Amati ont façonné le destin de la ville, créant des instruments qui résonnent encore aujourd'hui. Des ateliers de luthiers existent toujours à Crémone, et en passant dans les rues, vous pouvez entendre le doux bruit des cordes accordées, mélangé au bruissement du vent dans les arbres.

Cependant, il y a quelque chose de presque troublant dans cet héritage. Chaque violon qui y est construit porte en lui une âme, disent les plus superstitieux. Selon les rumeurs, les instruments de Stradivari auraient été fabriqués à partir de bois d'arbres tombés dans les forêts entourant des lacs profonds et sombres les nuits d'orage. Certains pensent que jouer de l'un de ces violons, c'est évoquer les fantômes de compositeurs et de musiciens qui ont vécu et sont morts à la recherche de la perfection sonore. Le musée du violon, qui abrite les instruments les plus précieux de la ville, a un air respectueux et presque religieux. En entrant dans leur chambre, le sentiment d'être entouré de fragments de quelque chose de plus grand que nature est inéluctable.

Mais Crémone est aussi une ville de contrastes. Sous la quiétude de la vie moderne, il y a une mélancolie cachée, comme une note désaccordée dans une composition parfaite. Alors que le crépuscule tombe sur la ville, les lampadaires créent un sentiment d'isolement, comme si l'endroit lui-même recèlait de profonds secrets, inaccessibles à ceux qui ne font que passer. Dans une ville où l'harmonie est vénérée, la dissonance des vies passées et des événements occultes semble se cacher à chaque coin de rue.

Sur les rives du Pô, le paysage est tout aussi plein de beauté sombre. Le fleuve, large et serein, emporte avec lui non seulement l'eau qui coule depuis des millénaires, mais aussi des histoires de catastrophes, d'inondations et de naufrages. On dit que, certaines nuits, il est possible d'entendre les murmures de ceux qui se sont noyés, comme si la rivière retenait les voix des oubliés. Le brouillard qui s'élève du Pô à l'aube ou au crépuscule donne à la ville une aura spectrale, comme suspendue entre deux mondes, celui des vivants et celui des morts.

Et puis il y a les petits détails : les places tranquilles où le vent murmure entre les colonnes, les vieux cafés où les tables en marbre semblent avoir entendu les conversations des générations passées, les rues qui s'incurve de manière inattendue, amenant le visiteur à se perdre dans ses propres pensées. Crémone, malgré sa renommée musicale et sa riche histoire, est une ville qui garde ses secrets bien gardés, comme une symphonie inachevée, attendant d'être révélée à quiconque a la patience et la sensibilité d'écouter ses notes les plus subtiles.

La région, en particulier les rives du fleuve, a été le théâtre d'une bataille intéressante de l'Empire romain, vers 271 après JC, qui a été l'un des événements les plus décisifs et les plus violents de la crise du IIIe siècle de l'Empire romain, une époque marquée par des invasions barbares, des usurpateurs internes et la fragmentation des frontières impériales. Cette confrontation, entre l'empereur Aurélien et les Alamans, devint une bataille légendaire – un affrontement entre l'ordre discipliné de Rome et la fureur indomptable des tribus germaniques. Le cadre était la plaine fertile de la vallée du Pô, où le fleuve coulait large et sinueux, l'un des cours d'eau les plus majestueux d'Italie.

L'aube qui précéda le combat fut enveloppée d'un épais brouillard humide, suspendu comme un rideau fantomatique sur le champ. La brume semblait tout engloutir autour de lui, déformant la vue et le son, comme si le sol lui-même se préparait à la violence qui allait bientôt le tacher de sang.

Le Pô, avec ses eaux calmes et profondes, serpentait entre les plaines comme une force silencieuse et indifférente au carnage qui allait se produire. Sur ses rives, le vert des champs semblait vibrer d'un calme traître, contraste terrible avec le sort qui attendait les guerriers des deux côtés.

Les légions romaines, dirigées par l'impitoyable Aurélien, étaient organisées avec une précision militaire le long de la rive. Leurs armures brillaient dans la lumière grise du matin, et le bruit du métal, mêlé aux cris des officiers préparant leurs troupes, résonnait comme une musique de guerre. Le mur de boucliers romains, renforcé par des lances, semblait infranchissable, une machine de guerre destinée à écraser toute opposition. La discipline, l'entraînement rigide et le sang-froid tactique des Romains étaient leurs plus grandes armes, forgées au cours de siècles de conquêtes et de conflits.

À l'horizon, une horde de guerriers barbares commença à s'approcher, et le son des tambours grossiers et des cris tribaux annonça leur arrivée. Les Alamans, avec leurs corps robustes, leurs peaux d'animaux et leurs armures déchiquetées de cuir et de fer, représentaient la sauvagerie incarnée. C'étaient des hommes formidables, nés et élevés dans des terres hostiles où la survie dépendait de la brutalité et du combat constant. Ses épées courtes et ses haches pendaient à des ceintures mal ajustées, mais ses yeux brillaient d'une confiance féroce. Parmi eux, des rumeurs circulaient selon lesquelles ils y avaient été guidés par des présages, signes que les dieux étaient de leur côté.

Lorsque les deux armées se firent face pour la première fois, le champ de bataille fut empli d'un silence troublant, interrompu seulement par le vent qui soufflait dans les rangs. La distance entre les forces était courte, et le Pô était suffisamment proche pour que les deux côtés puissent voir son courant lent et régulier. C'était comme si la rivière elle-même se cachait, attendant d'avaler ceux qui tombaient au combat.

Alors, comme le tonnerre qui rompt le silence avant l'orage, l'empereur Aurélien donna l'ordre d'avancer. Les légions romaines marchaient avec une précision inexorable, leurs boucliers s'écrasant les uns contre les autres, créant un mur d'acier qui semblait incassable. Les Alamans, en revanche, se précipitaient en avant avec une fureur incontrôlée, se précipitant vers les Romains comme un essaim de loups affamés. L'affrontement initial entre les deux forces fut brutal : le bruit des épées coupant la chair, le grincement des boucliers et des armures brisés, et les cris des hommes blessés et mourants emplissant l'air.

La bataille dégénéra rapidement en massacre. La force et l'élan des Alamans étaient puissants, mais leur désorganisation les rendait vulnérables à la rigueur romaine. Les légionnaires maintinrent leur formation, poussant leurs boucliers en avant et lançant leurs lances avec une précision mortelle, tandis que les barbares essayaient de percer la ligne avec un mélange de désespoir et de rage. Le sol devint bientôt glissant de sang, et l'odeur métallique de la mort emplit le champ de bataille, mélangée à l'odeur de la sueur et de la boue.

Aurélien, qui regardait le carnage d'une petite hauteur, était calme. Il savait que la clé de la victoire était la patience, et lorsqu'il se rendit compte que les Alamans commençaient à hésiter, il ordonna une attaque dévastatrice de sa cavalerie. Les chevaliers romains, armés d'épées incurvées et de boucliers circulaires, descendirent sur les flancs ennemis comme une tempête d'acier et de mort. La cavalerie a fait un travail rapide et efficace, abattant les guerriers germaniques avec facilité et sans pitié. Les Alamans, se rendant compte qu'ils étaient encerclés, commencèrent à se retirer en désordre vers la rivière.

Le Pô, qui jusque-là avait été une présence silencieuse, est devenu un acteur majeur dans le déroulement de la tragédie. Désespérés, les guerriers germaniques ont tenté de traverser la rivière, dans l'espoir d'échapper au massacre. Mais le courant, alimenté par les pluies récentes dans les montagnes, était fort et traître. De nombreux barbares, accablés par leurs armures et leurs armes, furent emportés par les eaux glacées. Leurs mains levées pour demander de l'aide disparurent bientôt de la vue, et leurs corps s'enfoncèrent dans les profondeurs, emportés par le courant implacable.

Les quelques survivants qui ont réussi à traverser la rivière en vie ont connu le même sort que leurs compagnons : les archers romains, stratégiquement placés, ont tiré des flèches vers les survivants, qui sont tombés sans vie sur la rive opposée. La plaine près de la rivière était maintenant couverte de cadavres, et la poussière coulait d'une teinte sombre, comme si elle avait absorbé l'horreur et le sang de la bataille.

Lorsque la bataille fut enfin terminée, la nuit commença à tomber sur le champ de bataille, apportant avec elle un silence troublant. Le champ, autrefois vert et fertile, était maintenant jonché de corps brisés, d'armes abandonnées et de l'écho des cris qui s'étaient éteints au coucher du soleil. Le Pô, calme comme auparavant, semblait indifférent au carnage dont il avait été témoin. Sur ses rives, des corbeaux ont commencé à arriver, attirés par l'odeur de la mort.

Aurélien avait triomphé et l'Empire romain, pour le moment, était en sécurité. Cependant, le prix de cette victoire sera marqué à jamais dans les eaux du Pô. Le fleuve, silencieux et éternel, continuerait son cours, emportant avec lui les échos d'une bataille brutale, où la vie et la mort dansaient côte à côte, sous le regard indifférent des cieux.

Inspiré par cette atmosphère de bataille et de chaos, j'ai décidé de me rendre dans la commune de Crémone et d'en savoir plus sur mon ancien nom et les origines de la famille de mon arrière-grand-mère, qui, pour autant que nous le sachions, venait de cette ville.

Lors d'une rapide recherche informatique, l'hôtesse m'a informé que les actes de naissance originaux provenaient d'un village voisin, Pomenengo, une petite commune située encore en Lombardie.

Entourée de vastes champs de blé et de maïs, ses douces collines s'étendent sous un ciel souvent enveloppé de nuages bas et gris, comme si le climat lui-même conspirait à maintenir l'aura de mystère et d'isolement qui entoure la région.

La route qui mène à Pomenengo serpente à travers des champs agricoles et d'anciennes forêts de chênes, presque comme un couloir naturel qui prépare le voyageur à la transition entre le présent et un passé qui, à bien des égards, respire encore dans ces terres. À l'approche de la ville, la première vue qui domine le paysage est le clocher d'une église médiévale, qui s'élève au-dessus des toits en terre cuite délavée, comme une sentinelle solitaire.

Le noyau urbain de Pomenengo était modeste, mais plein de détails qui révèlent ses racines profondes dans l'histoire de la Lombardie. Des rues étroites, pavées de pierres déchiquetées et usées par le temps, conduisent les visiteurs à travers un dédale de ruelles où le silence n'est rompu que par le son occasionnel des cloches de l'église ou le chant lointain d'un oiseau. Les maisons, construites dans le style lombard traditionnel, ont des façades en pierre et en brique rougeâtre, souvent recouvertes de vignes qui semblent dévorer les murs de leur présence verdoyante.

Au cœur du village, l'église Saint-Barthélemy est une présence imposante et sombre. Érigé au XIIIe siècle, ses murs en pierre brute et ses étroites fenêtres gothiques créent un sentiment d'austérité.

L'intérieur, faiblement éclairé par une lumière filtrant à travers les vitraux, est décoré de fresques anciennes, dont beaucoup sont décolorées par le temps et l'humidité, donnant aux figures religieuses un aspect presque spectral. L'air à l'intérieur de l'église est dense et humide, emportant avec lui l'odeur de l'encens vieilli et de la pierre froide, comme si des siècles de prières et de lamentations planaient encore dans l'espace.

Aux marges du village, les ruines d'une forteresse médiévale résistent, partiellement englouties par la végétation qui les entoure. On pense que la forteresse a été construite au Xe siècle, pendant une période de conflits et d'invasions qui ont marqué la Lombardie. Ses murs épais, aujourd'hui usés et partiellement effondrés, font encore allusion à la solidité et à la force qui protégeaient autrefois ses habitants des envahisseurs barbares et des rivalités entre seigneurs féodaux. L'endroit est enveloppé d'une aura de mystère et d'abandon, et de nombreux habitants disent que les nuits d'hiver, lorsque le vent hurle entre les pierres anciennes, il est possible d'entendre les échos des batailles qui s'y sont déroulées, il y a longtemps.

Le cimetière de Pomenengo, situé à la périphérie du village, est un autre point qui contribue à son atmosphère morose. Là, entre les pierres tombales couvertes de mousse et les croix de fer rouillées, le silence est presque palpable, interrompu seulement par le bruissement des feuilles sur les grands arbres qui entourent le site. Certaines tombes sont si anciennes que les noms gravés sur les pierres ont été perdus à jamais, transformés en symboles illisibles que seules la mort et l'oubli comprennent.

Il y a un sentiment presque oppressant de fugacité à cet endroit, comme si la terre elle-même était consciente du poids des siècles.

Pomenengo, malgré sa tranquillité et son apparente simplicité, porte en lui les cicatrices d'un passé plein d'incertitudes. Les ombres des vieux murs, le silence des rues et le murmure constant du vent dans les collines environnantes semblent raconter des histoires d'une époque où la vie était brutale et courte, et où la frontière entre le sacré et le profane était souvent floue.

À la tombée de la nuit, lorsque le ciel se teinte d'un pourpre profond et que les lumières jaunes des lampadaires éclairent faiblement les pierres anciennes, le village prend une qualité presque spectrale. Les ombres s'étendent sur les murs des maisons et les rues désertes semblent chuchoter des secrets oubliés, créant un sentiment troublant que le passé s'y cache toujours, attendant d'être découvert.

Pomenengo, avec sa beauté mélancolique et son histoire marquée par le silence et l'oubli, est un lieu où le présent effleure à peine la surface de ce qui était autrefois. Il y a quelque chose de sombre mais de fascinant dans ses rues vides et ses vieux bâtiments, comme si le temps lui-même avait décidé, dans un pacte avec la terre et le vent, de garder ce petit morceau d'Italie coincé dans un crépuscule éternel, où le passé ne meurt jamais, attend simplement dans l'ombre.

Quand j'ai vu le château qui s'imposait au-dessus de la ville, une vague d'émotions m'a traversé, la douce brise de Pomenengo m'a enveloppé comme un manteau, apportant avec lui l'arôme de l'histoire et le parfum des souvenirs oubliés. Les rues pavées, avec leurs courbes sinueuses et l'écho lointain des rires, semblaient raconter des histoires de générations qui, comme des ombres, se sont entrelacées avec ma propre existence.

J'ai ressenti un lien inexplicable, un lien invisible qui m'unissait à mes arrière-grands-parents, ou à leurs parents et aux parents de leurs parents, dont les pas avaient autrefois foulé ces mêmes rues. Des larmes m'ont monté aux yeux, non pas de tristesse, mais d'un profond sentiment d'appartenance. Chaque goutte semblait porter le poids d'une histoire ancestrale, d'un héritage qui avait transcendé le temps. C'était une reconnaissance silencieuse, une affirmation que je n'étais pas seulement un visiteur ; Je faisais partie de cette tapisserie complexe qu'est la vie.

Alors que les larmes coulaient, j'ai réalisé qu'elles n'étaient pas seulement les miennes, mais toutes les personnes de ma lignée. Ils avaient vécu, aimé et souffert, et chacun d'eux avait laissé sa marque sur le monde.

Le château, témoin silencieux de leurs voyages, semblait vibrer de leurs voix, faisant écho aux souvenirs d'un passé qui, bien que lointain, palpitait encore dans les veines de la ville, et dans les miennes. Le murmure du vent parmi les vieux arbres semblait rappeler des souvenirs de rires d'enfants, de fêtes de famille et de moments de douleur, mais aussi de fête.

L'histoire de ce petit village perdu au milieu de l'Italie était aussi la mienne. La lutte et la résilience de mes ancêtres étaient inscrites sur les murs de pierre, sur les marques du temps qui racontaient des histoires de survie, de peur et d'amour. Je pouvais presque voir mon arrière-grand-mère, une courageuse immigrante dans un pays lointain et inconnu, jeune et rêveuse, les yeux pleins d'espoirs et de désirs, rêvant de l'avenir que je représentais maintenant. C'était un cadeau et un fardeau en même temps, un rappel que la vie est faite de choix et que, à chaque pas que je faisais, je marchais aussi sur le chemin de chacun de ceux qui étaient dans le passé que j'ai vu et que je n'ai pas vu.

Le château, enveloppé d'ombres et de lumière, semblait porter une dualité, reflétant à la fois la beauté et la tristesse de l'existence.

Les murs étaient les témoins des luttes et des difficultés et des accords silencieux, ainsi que des sentiments qui habitaient maintenant mon cœur. Là, debout devant Sa

Majesté, j'ai ressenti l'immensité de l'héritage qui m'a été laissé, comme si chaque larme versée était une offrande aux esprits qui m'ont précédé.

Ce moment de connexion transcendantale n'a pas seulement évoqué la nostalgie, mais aussi une compréhension plus profonde de mon propre voyage. C'était une reconnaissance que même si le temps avance et que la vie nous emmène dans des directions inattendues, les racines ne se perdent jamais. Ils s'entremêlent, formant un réseau invisible qui nous lie à un passé qui façonne ce que nous sommes.

Les yeux larmoyants, je suis restée silencieuse, écoutant ces voix de mes ancêtres. Il n'y avait pas besoin de mots ; Les larmes parlaient d'elles-mêmes. C'étaient des larmes de gratitude, d'amour et de nostalgie, un hommage à l'héritage qui, d'une certaine manière, m'accompagnerait toujours. Pomenengo n'était pas seulement une ville ; C'était un symbole de ce qui est éternel dans nos vies : la mémoire, l'héritage, l'amour et la lutte qui perdure à travers les générations.

Le château, tel un gardien de lignée intemporel, se tenait devant moi, et moi, un voyageur de la chronologie, j'ai laissé la mélancolie se mêler à l'espoir, sachant que l'histoire que je portais était finalement un fragment d'un tout plus grand, où chaque larme devenait une partie de la beauté sombre et profonde de la vie.

J'ai décidé que je devrais passer au moins une nuit en ville, et dans le profond silence de cette nuit-là, j'ai été entraîné dans un autre rêve qui a commencé comme un murmure mais s'est rapidement transformé en un chagrin assourdissant. L'obscurité s'est dissipée et, comme plongé dans un voile de brouillard, je me suis retrouvé dans une maison qui me semblait étrange mais en même temps familière. L'odeur des vieux livres et du bois poli emplissait mes narines, et l'écho de voix lointaines résonnait sur les murs.

Je suis passé par un couloir étroit, où des photos en noir et blanc ornaient les murs. Je me suis approché d'une image précise : une femme aux cheveux courts et foncés et aux yeux perçants, qui me regardait avec une intensité qui me paralysait. Avant que je puisse comprendre ce que cela signifiait, une vague de mémoire m'a envahi.

Je n'étais pas le fils de la femme qui m'avait élevé. Dans un trait de révélation, j'ai réalisé que j'avais été adoptée.

La scène changea soudain, et je me trouvai dans une pièce éclairée, où mes parents, avec des visages fatigués et inquiets, discutaient à voix basse. La tristesse s'est imprimée sur leurs visages, mais pour moi, il y avait quelque chose de plus profond, un ressentiment presque palpable. Ils me traitaient comme un fardeau, comme une responsabilité dont ils voulaient se défaire. Une boule s'est formée dans ma gorge lorsque j'ai réalisé que le peu d'affection que j'avais reçu n'était peut-être qu'un écho de la culpabilité qu'ils ressentaient de ne pas être mes vrais parents. Mais cela justifiait la plupart des mauvaises actions et des mauvais comportements qu'ils avaient tous les deux avec moi dans le passé.

Les souvenirs d'une enfance marquée par les schismes et la douleur ont commencé à s'entremêler avec cette découverte dévastatrice. Chaque cri étouffé, chaque regard de reproche, chaque mot dur que j'avais entendu de la part de mes parents prenait maintenant forme et sens. Comment aurais-je pu être aussi aveugle ? Mon cœur s'est serré en me rappelant les nuits où je me cachais sous les couvertures, espérant que le silence ne serait pas rompu par une dispute, par un cri qui me rappellerait que je n'étais pas à ma place.

J'ai demandé à mes parents qui était ma mère, et ils m'ont répondu : « Irina Petrovna ». L'image d'elle m'est venue à l'esprit, et c'était une image étrange et familière, comme l'écho d'un passé que je n'avais jamais vécu, mais qui résonnait encore en moi. Mon désir de la retrouver me rendait angoissé, comme si elle était la réponse à toutes les questions qui hantaient mon âme. Le rêve a commencé à s'estomper et le sentiment de soulagement et de tristesse a commencé à apparaître.

Quand je me suis enfin réveillé, la réalité m'a frappé comme une tempête. Le jour était clair, mais les ténèbres du rêve planaient encore sur moi, comme une ombre qui ne se dissipe pas avec la lumière du soleil. Le poids de la révélation m'a submergé et je n'ai pas pu m'empêcher de laisser des larmes couler sur mon visage. L'idée que je n'étais pas vraiment le fils de la femme qui m'avait élevé, à mon insu, était la seule façon d'expliquer la façon dont elle m'avait traité quand j'étais enfant. Le rêve, bien qu'il ne fût qu'un aperçu de la vérité, semblait plus réel que je ne voudrais l'admettre.

Les échos de la nuit dernière ont résonné dans mon esprit : la froideur de mes parents, le manque d'affection, les blessures émotionnelles qui ne se sont jamais cicatrisées. C'était comme si, en découvrant l'identité d'« Irina Petrovna », cette création de mon inconscient, j'avais aussi déterré toutes mes insécurités. L'espoir que j'avais ressenti en l'imaginant n'était plus qu'un rappel douloureux que je n'appartenais à nulle part. Qu'il n'a appartenu à nulle part depuis longtemps.

Alors que la lumière du jour envahissait la pièce, je savais que je devais trouver un moyen de gérer ce sentiment. La douleur d'une enfance marquée par le rejet et la confusion de ne pas savoir qui j'étais vraiment est devenue un fardeau que je ne pouvais plus porter. Je savais que je devais pardonner non seulement à mes parents, mais aussi à moi-même. Pardonner, surtout, à l'enfant qui, sans le savoir, a cherché l'amour là où il n'y en avait pas.

Irina Petrovna pouvait être un symbole inconscient de douleur et de confusion, mais elle représentait aussi une opportunité de renaissance. Le rêve m'avait ouvert une porte dont je ne me souvenais pas de l'existence, et en la franchissant, j'ai réalisé que le voyage de découverte de soi commençait maintenant.

Avec un profond soupir, je me suis levé du lit et j'ai regardé mon reflet dans le miroir. J'étais plus que les ombres du passé. J'avais besoin de surmonter la tristesse et d'apprendre à pardonner les souvenirs qui me maintenaient emprisonnée.

Le rêve aurait pu n'être qu'une illusion, mais les émotions qu'il évoquait étaient réelles. Et avec cela, je ferais le premier pas vers la souveraineté et l'acceptation.

L'expression sur mon visage n'était pas seulement celle de la tristesse, mais aussi de la libération. Il était temps de laisser derrière moi ce qui ne m'appartenait pas.

Épilogue
Finis Gloriae Mundi
XII. Clavis.

J'ai senti le poids d'années de recherche converger enfin. C'était comme si tous les chemins que j'avais empruntés – les voyages à travers les villes antiques, les rencontres ésotériques possibles et les défis cachés – se refermaient sur un seul point, un carrefour qui transcendait le temps et l'espace. Cependant, en même temps qu'il ressentait le vide de l'incertitude de l'avenir.

À chaque pas que je faisais à travers Sintra, Séville, Bratislava et tant d'autres endroits, je me rendais compte que mes promenades n'étaient pas seulement physiques. Je me déplaçais entre les mondes, en pèlerin solitaire, à la recherche de vérités que beaucoup avaient déjà renoncé à chercher, d'autres ne commencent même pas, d'autres n'en ont même pas besoin. Maintenant, de retour au Portugal, l'air semblait dense, lourd de mystères oubliés depuis longtemps, stockés dans chaque ruine, chaque pierre. Des mystères qui n'avaient plus d'importance pour moi. C'était comme si l'histoire de l'humanité elle-même murmurait, attendant d'être révélée, et que je ne me souciais plus de ce que cela signifiait.

Le vent soufflait doucement des collines de Sintra, mais cette fois-ci, je n'ai pas ressenti le même confort que celui qui m'avait accueilli auparavant. La Quinta da Regaleira, qui avait été autrefois le portail vers mes rêves et mes visions les plus profondes, se présentait maintenant comme une prison de questions mortes. Le temps avait transformé cet endroit en quelque chose de presque troublant. Le puits d'initiation, que j'avais descendu avec tant d'empressement auparavant, me rappela, un suppliant silencieux et profond que je ne pouvais ignorer. Il savait que la descente qu'il avait faite une fois n'avait pas été complète. Quelque chose en moi réclamait encore des réponses, une conclusion. Cette fois, je savais que les marches ne mèneraient pas seulement au fond de la terre, mais au fond de moi-même.

En marchant à travers les pierres usées du jardin, j'ai senti que la Quinta était maintenant vivante, et non plus un simple paysage. Les ombres semblaient plus longues, comme si l'endroit lui-même était conscient de ma présence et me regardait. La végétation environnante était dense, et l'air était chargé d'un parfum doux, presque enivrant, comme l'odeur de vieux souvenirs, de rêves oubliés.

En m'approchant du puits, quelque chose en moi a frissonné. L'obscurité en dessous était aussi invitante que menaçante, et dans un dernier souffle, j'ai commencé ma descente. Chaque pas me ramenait au début de mon voyage, comme si le temps était replié sur lui-même. Les pierres humides sous mes pieds étaient froides mais familières, comme le contact de quelque chose qui avait toujours été là, attendant d'être redécouvert. Chaque échelon de l'arbre de vie, qui avait été autrefois des concepts ésotériques abstraits, était maintenant des réalités tangibles que je pouvais presque toucher, comme un voile qui se lève lentement.

Des souvenirs d'enfance se sont mêlés pendant que je descendais. Je me suis souvenu de la première fois où j'ai ressenti l'appel de l'occulte, une curiosité incontrôlable, comme une flamme brûlant silencieusement en moi. Les voix de mes maîtres, des gens que j'ai rencontrés, aimés et quittés, tout a résonné dans mon esprit alors que le murmure silencieux résonnait, non plus comme une phrase lointaine, mais comme un ordre. « Visitez l'intérieur de la terre, et en rectifiant, vous trouverez la pierre cachée. »

En arrivant au fond, j'ai réalisé avec une clarté douloureuse que le voyage n'a jamais été à propos des autres, il n'a jamais été à propos des villes que j'ai visitées ou des maîtres que j'ai consultés. Il a toujours été question de moi. Descendre au puits, c'était descendre au fond de mon âme, et là, dans ce silence écrasant, j'ai commencé à comprendre que ce que je cherchais n'était jamais sorti. La pierre cachée, le secret de l'alchimie, a été ma propre transformation.

2. La ville aux sept collines
De Sintra, j'ai été traîné dans mes souvenirs jusqu'à Rome. Il y avait quelque chose d'inévitable à Rome. La ville m'a toujours rappelé, même si je ne me suis jamais vraiment senti à sa place. Rome était une énigme. Avec ses places anciennes, ses rues étroites et ses monuments imposants, la ville semblait vivante, une entité qui se nourrissait d'histoires et de pâtes. Rome a toujours été, pour moi, plus qu'une ville ; C'était un symbole, une clé des mystères que j'avais toujours cherché à percer.

Je traversais ces places, sentant le poids des âges sur mes épaules. C'était comme si chaque pierre sur laquelle il marchait portait des siècles de connaissances cachées, de tragédies et de triomphes qui ont façonné l'histoire de l'humanité. Je me souviens qu'en approchant de la basilique

Saint-Pierre, j'ai ressenti un mélange de révérence et de ressentiment. L'imposant dôme fendait le ciel comme un doigt pointé vers le divin, mais pour moi, c'était plus une marque de puissance terrestre. L'Église, qui a si longtemps contrôlé le flux des connaissances, qui a traqué les scientifiques, brûlé les sorcières et persécuté ceux qui osaient remettre en question ses dogmes, était maintenant la gardienne de l'art le plus sublime, de l'histoire la plus riche. « Ils ont gagné », ai-je pensé amèrement.

Alors que je me visualisais à nouveau en train de savourer la Pietà de Michel-Ange, j'ai ressenti une vague d'émotions qui m'a presque renversé entre les marches du Puits. La beauté de ce travail était presque insupportable, mais mélangée à elle, il y avait la douleur de savoir ce qu'il y avait derrière tout cela. La violence qui a précédé la création, l'oppression qui a soutenu la structure de ce domaine. La chasse aux sorcières, le supplice des mages, les secrets enfouis sous les pierres millénaires de Rome. Pour beaucoup, le Vatican est le foyer de la spiritualité, mais pour moi, c'était le symbole d'un savoir perdu, enterré sous des millénaires de contrôle et de pouvoir.

En regardant la sculpture, Marie tenant le corps sans vie du Christ, j'ai réalisé que l'Église elle-même, qui revendiquait le monopole de l'esprit, possédait également le pouvoir sur la mort.

« Celui qui domine la mort, domine tout. » Pensée.

C'était juste une preuve de plus que le pouvoir sur les âmes était toujours contesté, et dans ce jeu, la connaissance occulte était souvent sacrifiée.

De Rome, j'ai été attirée par Lucerne, où quelque chose de plus sombre m'attendait. La traversée du pont de la mort était plus qu'un simple acte physique, encore plus ce qui s'était passé à Bilbao. Chaque pas que je faisais sous les gravures de la Mort avec sa faux me rappelait que ma propre vie était au bord d'une transmutation. La rivière en contrebas semblait murmurer d'anciens secrets, des promesses de quelque chose au-delà de l'existence matérielle.

Chaque panneau triangulaire du pont était une représentation symbolique de la vie cherchant sa fin, mais pour moi, il signifiait les transitions que j'avais vécues. La mort, qui n'avait été jusque-là qu'un concept lointain, s'approchait maintenant de moi comme une vieille amie, une transmutation inévitable. Je n'avais jamais craint la mort, mais maintenant elle prenait une forme nouvelle, plus personnelle. La traversée du pont dans les deux villes avait été un rite de passage, un seuil que je devais vraiment franchir.

Au fur et à mesure qu'il continuait, les ténèbres autour de lui commençaient à s'approfondir.

Les silhouettes autour du puits n'étaient plus immobiles ; Ils se déplaçaient dans ma vision périphérique, comme s'ils étaient vivants, dansant à la limite de ma compréhension. J'ai senti que ma présence n'était pas une coïncidence, mais une fatalité.

Et j'étais là, au bas des marches, comme au début de tout, mais je n'étais certainement pas si ignorant des mystères du monde, ni des miens.

Et, levant les yeux, je vis le sommet du puits être rempli de la lumière opaque du soleil d'une belle journée grise et, aussi, de cette brume mystique que seule Sintra peut avoir ; Il savait qu'il était un homme libéré.

Né en 1992, Michael Sousa est brésilien et vit à Lisbonne depuis quelques années ; il est titulaire d'un master en commerce international de l'European Business School de Barcelone, d' **un MBA en gestion stratégique de la FEA-RP USP, d'un diplôme en informatique et d'un spécialiste en** prospective stratégique. Il dispose d'une extension en Statistiques Appliquées et Gestion des Coûts. Il travaille dans les domaines de la gestion de projet, de l'analyse de données et de l'intelligence de marché. Cependant, cédant à son intérêt pour les théories freudiennes, il est également allé étudier la psychanalyse à l'Institut brésilien de psychanalyse clinique, se spécialisant dans le sujet et dans la pratique clinique. Quand il ne passe pas son temps libre à essayer de développer son mauvais côté artistique, il se retrouve à étudier l'effondrement politico-économique des nations, les textes psychanalytiques ou à lire de vagues et curieux tomes de sciences ancestrales.

www.ingramcontent.com/pod-product-compliance
Lightning Source LLC
LaVergne TN
LVHW011947070526
838202LV00054B/4839